KB104089

이달의 장르소설

이달의 장르소설 9

김호야

오아린

김경락

정종균

국술호

백다도

고즈넉 이엔티

이달의 장르소설9

1쇄 발행 2023년 6월 7일

지은이 김호야, 오아린, 김경락, 정종균, 국술호, 백다도
펴낸이 배선아
편 집 김현석
디자인 이승은
펴낸곳 고즈넉이엔티

출판등록 2017년 3월 13일 제2022-000078호
주 소 서울특별시 마포구 성지1길 35, 4층
대표전화 02-6269-8166 **팩스** 02-6166-9199
이 메 일 gozknockent@gozknock.com
홈페이지 www.gozknock.com
블 로 그 blog.naver.com/gozknock
페이스북 www.facebook.com/gozknock
인스타그램 www.instagram.com/gozknock

ISBN 979-11-6316-884-3 03810

표지 일러스트 Designed by Getty Images Bank, Freepik

차례

이달의 장르소설

눈밭, 자두 씨

김호야

소설과 희곡, 비평문을 펴내는 막쓰주의자. 2003년 동아일보 신춘문예 소설부문에 「비틀즈의 다섯 번째 멤버」로 등단해, 『내 지하실의 애완동물』, 『멸종 직전의 우리』, 『구야, 조선 소년 세계 표류기』, 『소설이 시간을 쓰는 법』, 『박완서에게 글쓰기를 배우다』, 『김나정 희곡집』 등 다양한 작품을 출간했다.

이글루가 최후통첩을 전했다.

보관료 미납으로 냉동이 해제되니 아버지를 데려가라고. 두 달 전 연락을 받은 뒤로 계속 결정을 미뤘더랬다. 누리가 말을 걸터듬는 사이에 통화는 종료됐다. 의자에 앉은 누리는 전자레인지에서 돌아가는 냉동식품 용기를 바라봤다. 28년이 흘렀다. 아버지 얼굴이 떠오르지 않았다.

저 멀리로 거품처럼 붙은 돔형 건물들이 눈에 들어왔다. 이글루 본관에 들어서자, 새가 지저귀는 소리가 귓속으로 날아들었다. 메인 홀은 봄 풍경을 흉내 낸 홀로그램으로 얼룩덜룩했다. 누리는 사람들로 북적이는 로비를 가로질러 인포메이션 데스크로 향했다. 안드로이드가 친절한 음성으로 방문 목적을 물었다.

대기실에는 휠체어를 탄 노파와 중년 남녀가 앉아 있었다. 여자는 누리와 눈이 마주치자 목례하고는 벽을 바라봤다. 옆에 앉은 남자는 손깍지를 하고 천장만 올려다봤다. 휠체어에 파묻힌 노파는 약에 취한 듯, 얌전했다.

"깨어나면 회복될 가능성은 있나요?"

상담실로 들어간 누리는 코디네이터와 마주 앉았다. 세 번째 해동 성공자로 뉴스에 가끔 등장하는 여자라 낯이 익었다. 코디네이터는 태블릿 단말기로 아버지의 건강 상태를 알려줬다. 그래프와 숫자가 빠르게 지나갔다. 회복 가능성은 28.25%. 교모 세포종을 완치시킬 의학 기술은 여전히 개발 중이었다.

"죽으라고 깨우는 거잖아."

책상에 놓인 홀로그램 메트로놈이 까딱까딱 움직였다. 코디네이터는 살얼음이 낀 얼굴로 보증금이 관리비로 소진됐음을 알렸다. 미납 관리비를 내는 것만으로도 통장 잔고는 바닥을 드러낼 거다. 이글루의 한 달 관리비는 누리 월급의 절반을 넘어섰다. 어떤 납골당도, 어떤 얼음 창고도 이만큼 비싼 보관료를 받진 않는다.

"아버지를 한번 볼 수 있나요?"

코디네이터는 당일 면회는 불가능하며, 적어도 사흘 전에는 신청해야 한다고 알려줬다. 면담은 종료됐고 부부가 휠체어를 밀고 누리와 엇갈려 들어섰다.

센터 밖으로 나서자 찬 바람이 몰아쳤다. 아버지는 겨울 한복판에서 깨어날 거다. 누리는 목도리를 코 아래까지 둘렀다. 눈이 쌓이기 전에 기차역으로 가야 한다. 프리미엄 요금을 내지 않으면 30분 이상 택시를 기다려야 했다. '알티스 랩'에 시간 맞춰 도착하기엔 빠듯했다.

차 한 대가 멈춰 누리에게 *이글루*로 가는 길을 물었다. 누리는 여기 사는 사람이 아니라서 모른다고 답했다. 차창 안으로 잠든 사람의 옆얼굴이 보였다. 냉동 기술이 발전하고 난 뒤로, 사람들은 고려장을 하듯 아픈 식구를 *이글루*에 밀어 넣었다. 정말로 깨어날 거란 희망을 품고 찾아온 사람은 몇이나 될까.

돈과 시간을 저울질하던 누리는 추가 요금을 지불하고 프리미엄 택시를 호출했다. 도착까지 3분이 걸린다고 했다. 누리는 손을 모아 입김을 불어 넣고 발을 굴렀다. 가로수가 마른 나뭇가지에 쌓인 눈을 털어냈다.

머리 위에서 모기 소리가 윙윙거렸다. 누리는 고개를 들어 허공을 올려다봤다. 까마귀를 닮은 원반이 갈지자로 비틀거렸다. 한파로 드론이 빈번하게 추락한다는 뉴스가 떠올랐다. 누리는 잽싸게 몸을 뒤로 뺐다. 발 앞으로 떨어진 드론은 돌멩이 같았다. 일주일 뒤에 아버지가 돌아온다.

"이젠 형님을, 보내드릴 때도 됐지."

숙부는 손가락으로 책상을 두드렸다. 체인점 부도 사태로 자기도 골머리를 앓는다며 도움을 주기 어렵다고 잘라 말했다. 돈이 있다 한들 내주지 않을 거다. 노인들의 금고는 얼어붙었다. 나노 생체 머신, 텔로머라아제 등, 의학 기술의 발달로 경제적 능력만 있으면 불멸을 꿈꿀 수 있는 상황에서 사람들은 돈을 쥐고 놓지 않으려고 했다. 자식에게 물려주는 돈도 아까워했다. 돈은 금고에서 잠잤다.

누리 앞에 놓인 찻물이 차갑게 번들거렸다. 숙부에게 아버지는 장례식만 치르지 않았지, 오래전에 죽은 사람이었다.

“그러고 보니 너랑 형님은 참 많이 닮았어.”

누리는 무심결에 손으로 자기 얼굴을 더듬었다.

“오늘은 손이 얼음장이야.”

라벤더 향이 퍼졌다. 누리는 국화 님의 얼굴에 콜라겐 나노 미스트를 뿌렸다. 일흔이 넘었다고 하지만 국화 님의 피부는 잡티 없이 맑았다. 누리가 근무하는 알티스 랩은 노화 관리 전문 클리닉으로, 정기적으로 체내 노폐물을 제거해주고 노화가 진행된 부분이 있으면 재생 시술을 해준다. 백오십 살까지는 방부제를 넣은 듯 젊음이 유지될 거다.

서비스 수임료가 높고 직원 커미션도 나쁘지 않은 일자리였다. 사람이 필요한 일터가 줄어든 시대에, 토탈 뷰티 관리사는 인간의 체온과 대화에 미련을 버리지 못하는 고객들 덕분에 명맥을 유지했다. 젊은 고객들은 안드로이드의 손길에 거부감을 느끼지 않았지만 나이 든 손님들은 인간의 손길만이 주는 뭔가를 고집했다.

"로봇한테는 대접받은 기분이 안 들어."

AI는 자판기처럼 인간의 지시에 따라 임무를 수행할 뿐, 고객에게 감사하는 마음도 없고 고객에게 우월감을 선사하지도 못한다.

국화 님은 누리가 얼굴을 매만지는 내내 말을 이어갔다. 누리는 국화 님의 말에 적당히 추임새를 넣었다. 안드로이드들은 고객의 말에 정확하고 신속히 대응했지만, 손님들은 답보다는 들어줄 귀를 원했다. 국화 님은 시술을 받는 내내 이런저런 걱정들을 늘어놓았다. 달 기지로 파견된 아들에 대한 염려, 헬륨 3의 방사능 때문에 아이를 갖는 걸 미루고만 있다는 걱정, 세계 금융시장의 유동성 위기와 남편의 미심쩍은 행동에 대해 두서없이 늘어놓았다.

"자기는 뭐 고민 없어?"

누리는 카드 패를 젖히듯 아버지 이야기를 꺼냈다. 동정심을 자극해 단골손님을 붙들어 놓자는 마음도 없지 않았다. 국화 님은 흥분하며, 당연히 아버지를 살려야 한다고 했다. 빚을 내서라도 냉동 상태를 유지하며 치료법이 개발될 때까지 기다려야 한다고. 누리는 국화 님의 뺨에 오일을 발랐다. 국화 님은 입을 옴짝거리며 이대로 아버지를 보내면 평생토록 후회할 거라고 말했다.

"자기야, 돈이 인생의 전부는 아니잖아."

* * *

은행에서는 누리의 신용 상태로는 대출이 불가능하다고 했다. 중개 사이트 챗봇은 집을 팔면 2억 정도를 손에 쥘 수 있다고 했다. 건물값은 빼고 땅값만 따졌을 때 받을 수 있는 최고액이라고 했다. 엄마에게 물려받을 때만 해도 공시지가 10억을 호가하는 자산이었다. 하지만 주민들이 줄고 빈집들이 넘쳐나자 동네는 우범지역으로 변해갔고, 주거 환경이 나빠지자 집값은 바닥으로 내려앉았다. 구도심지의 상황은 어슷비슷했다.

2층짜리 단독주택은 관리가 되지 않아 폐가처럼 보였다. 누리는 덜컹거리는 현관문을 밀고 집에 들어섰다. 불 꺼진 집은 싸늘했다. 발바닥 아래가 얼음장이었다. 누리는 차가운 벽을 더듬어 스위치를 올렸다. 남들은 집을 통째로 컴퓨터로 바꿔 말 한마디면 조명이나 난방을 가동하며 산다지만 이 집은 낡아 그런 시스템을 구축하려면 대대적인 리모델링이 필요했다. 누리는 집을 바꾸는 대신 집에 적응하는 방법을 택했다. 실리콘으로 틈새를 메우고, 삐걱대고 흔들거리는 건 청 테이프가 해결해줬다.

다행일지 모른다. 오랜만에 찾아온 아버지에게 이 집만큼은 낯설지 않을 테니. 거실 창밖으로 느티나무가 내다보였다. 누리의 눈길이 앙상한 가지를 더듬었다. 기억 속의 아버지는 그다지 살가운 사람이 아니었다. 집 밖으로 돌아다녔고 잊힐 때쯤 돌아와 선물 꾸러미를 안기곤 했다. 달콤하고 끈적거리는 젤리와 기린 인형, 색색 유리가 다닥다닥 붙은 머리핀, 무릎 위로 깡둥 올라가는 원피스.

누리는 소파에 모로 누웠다. 늙은 코끼리의 살갗처럼 꺼칠한 소파에 뺨을 댔다. 바짓단이 종아리까지 올라갔다. 누리는 끄트머리가 나달대는 회색 담요를 끌어다 몸을 덮었다. 발목이 시렸다.

"아빠는 겨울잠을 자는 거야."

열두 살이 되던 해, 누리는 엄마와 함께 병원을 갔다. 병상에 누운 아버지는 단팥빵을 건네며 먹으라고 했다. 병원에서 돌아온 엄마는 한참 동안 침실에 있다가 저물녘에야 쌀을 씻어 밥솥에 부었다. 아빠에게 무슨 일이 있는 거냐고 묻자 엄마는 식탁에 앉아 아빠 머릿속에 혹이 자랐다고 했다. 누리는 망고, 귤 같은 열매를 떠올렸다. 엄마는 다시 침실로 들어가고 밥솥은 김을 내뿜었다.

그해 겨울, 눈은 희디희게 바빴고, 아빠의 상태는 급속도로 나빠졌다. 엄마는 휴직계를 내고 입원한 아빠를 돌봤다. 주말이면 누리도 병원에 가서 텔레비전을 보다가 다른 보호자들이 건네준 사과나 과자를 집어 먹곤 했다. 아빠는 먹은 걸 게워 낼 때나 침상에서 몸을 일으켰다. 누리의 12번째 생일 파티도 입원실에서 생크림 케이크를 나눠 먹는 걸로 끝났다. 입술과 손가락은 번들거렸다.

엄마가 병실을 비운 사이, 누리는 아빠 곁에 앉아 과학 숙제를 했다. 모둠 과제였는데 발표를 맡은 누리는 화면을 보며 연습을 거듭했다. 신음이 들려 고개를 드니 아빠가 허공에서 내려온 동아줄을 잡으려는 것처럼 허우적거렸다. 누리는 발뒤꿈치를 들고 침대맡의 호출 벨을 눌렀다. 태블릿 PC를 꼭 끌어안고 누리는 알아들을 수 없는 소리로 울부짖는 아빠를 바라봤다. 주위 사람들의 목소리는 뭉개지고 뭔가 까마득하게 멀어졌다. 오줌 줄기가 허벅지를 타고 내려가 흰 양말에 스며들었다. 엄마가 병원 매점에서 사 온 팬티는 너무 컸다.

얼마 뒤, 엄마는 아빠에게 작별 인사를 하러 가야 한다고 했다. 이제부터 아빠는 아주 긴 잠을 자게 될 거라고. 누리는 학교를 빠지고 강원도 폐광촌에 자리 잡은 *이글루*로 향했다. 냉동 시술, 사람이 어떻게 겨울잠을 잔다는 건지 알 수 없었다. *이글루*란 말에 자연사 박물관에서 본 북극곰이 떠올랐다. 뒷발로 서서 앞발을 든 곰의 유리 눈알은 반들거렸다. 박제 곰은 이를 드러내고 발톱을 세워 당장에라도 공격할 것 같은 모습으로 얼어붙어 있었다.

누구도 누리에게 아빠를 얼려도 되냐고 묻지 않았다. 오랫동안 아빠를 보지 못하게 돼도 괜찮니, 라고 물어주질 않았다. 내리는 눈처럼 그저 받아들여야만 했다. 누리는 주머니에 털양말을 챙겨 갔지만 아빠에게 신겨주지는 못했다.

그 뒤로 엄마와 함께 몇 번 이글루를 방문했다. 버튼을 누르면 냉동 캡슐 안이 환해졌다. 수족관 속 물고기를 관람하듯 아빠를 살폈다. 어둑어둑한 캡슐 안의 아빠는 심해어처럼 꼼짝도 하지 않았다. 창에 이마를 대면 입김으로 아빠의 모습이 흐려졌다. 죽은 건 아니라서 울 수도 없었다. 아빠는 있지만 없는 사람이었다. 창에서 손을 떼자 미지근한 감정만 남았다. 아빠를 거기에 두고 누리는 점점 자라났다.

엄마는 5년 뒤에 직장에서 만난 사람과 재혼을 했다. 누리는 엄마가 새로 꾸린 가정에 녹아들지 못했다. 의붓동생이 태어나고 3년 뒤, 누리는 대학기숙사로 거처를 옮겼고 졸업하고 자리를 잡느라 바빴다. 고아와 다를 바 없다고 마음을 다잡았다. 누군가 가족에 대해 물으면, 아빠는 열두 살 때 돌아가셨다고 답했다.

"면회 시간은 10분으로 제한됩니다."

304. 42, MALE, P.N.H

네임 태그가 붙은 냉동 캡슐은 타조알처럼 매끄럽게 둥글었다. 창 너머로 거꾸로 선 아버지의 얼굴이 보였다. 감압이 일어나도 뇌를 보호하려면 물구나무를 세워둬야 한다.

아버지의 얼굴은 예전과 별반 달라지지 않았다. 신진대사 속도를 늦춰서 그런지 생물학적 연령에 비해 젊어 보였다. 마흔 살의 누리와 나란히 서면 형제나 부부로 오해받을 정도였다. 얼굴에 빗금을 긋는 건 시간만은 아니었다. 세상사의 모진 풍파를, 이 탱크가 안전하게 막아주니까.

누리는 눈길로 아버지의 해사한 얼굴을 더듬었다. 거울 속에 비친 자신의 얼굴과 닮은 데를 찾으려 했다. 작은 눈과 뭉툭한 눈썹, 불거진 광대뼈.

데드마스크 같은 얼굴을 마주하며 누리는 혼잣말을 뇌까렸다.

어떻게 했으면 좋겠냐고.

거기 정말 있는 거냐고.

아버지의 눈꺼풀이 꿈틀거렸다.

꿈이라도 꾸는 걸까.

"단순한 반사작용일 겁니다."

누리는 코디네이터가 건넨 동의서를 내려다봤다. 사인을 해야 할 부분에서 커서가 반짝거렸다. 아버지의 머리를 겨눈 총구의 방아쇠를 당기라고 재촉한다. 이런 일들을 떠맡기고 숨진 엄마가 원망스러웠다. 알츠하이머로 정신을 점점 놓아가던 엄마는 찬송가가 울려 퍼지는 병실에서, 누리의 손을 잡으며 아빠를 부탁한다고 말했다. 냉동 결정을 내렸을 때 누리는 열두 살이었다. 그 결정과는 아무 상관 없다. 곁을 비운 지 오래된 아버지를 위해 어디까지 책임져야 할까. 단지 DNA를 공유했다는 이유로. '내가 만약'이라는 가정법 문장이 이어지고, 종국엔 못난 자신을 책망하는 데 다다랐다. 선택하라지만 선택할 여지는 없었다.

누리가 사인을 하자, 코디네이터는 알아둘 사항이 있다고 했다.

현재 바이탈 수치만 보면 무사히 해동될 가능성은 높지만 뇌 손상은 감안해야 한다고.

누리가 목소리를 높이자 코디네이터는 데이터를 제시하며 냉동 이전에 이미 뇌가 온전치 못했다고 못 박았다.

깨우기 전까지는 아무것도 장담할 수 없다.

이틀 후에 아버지는 긴 잠에서 깨어난다.

* * *

손을 놀리면 생각이 비워진다. 청소기를 돌리고 침실을 병실처럼 꾸미고 커튼을 뜯고 이불과 함께 욕조에 넣어 세탁했다. 주민 센터에서 보내준 보급형 로봇 '집사'가 마당의 잡초를 뽑았다.

해동된 환자는 근육이 부족해 걷지 못한다고 했다. 휠체어가 지나다니게 가구나 물건들을 내다 버렸다. 집은 점점 휑해졌다. 집사가 화장실로 들어간 뒤 집안에는 매캐한 소독약 냄새가 풍겼다.

누리는 탁자에 가족사진을 세워뒀다. 냉동 센터에 들어가기 전에 셋은 나무 밑에 서서 사진을 찍었다. 꽃핀 나무 아래서 아빠와 엄마는 웃는데 어린 누리는 눈살을 찌푸리고 있었다. 그날은 유난히 햇살이 눈 부셔, 눈을 크게 뜰 수 없었다는 게 떠올랐다.

집사가 떠나고, 저녁 무렵 환자용 침상과 전동 휠체어가 도착했다. 누리는 알티스 랩에 전화를 걸었다. 매니저는 단골손님 두 명이 헛걸음을 했다며 빨리 복귀하라고 다그쳤다. 사정을 솔직히 털어놓는다면 휴가를 얻을지 모른다. 하지만 일에 지장을 주는 사람으로 낙인찍히고 싶지 않았고, 개인사를 누설하고 싶지도 않았다. 사람에게 임금과 팁을 주는 직장을 찾기란 쉽지 않을 테니까. 혹여나 다른 사람의 마음에 얼룩을 남기기도 싫었다.

"얼마 걸리지 않을 거예요."

누리는 사흘 뒤에 복귀할 거라고 알렸다.

누리는 배를 채울 요량으로 냉장고 문을 열었다. 낡은 냉장고에서 꿉꿉한 냄새와 찬 기운이 밀려 나왔다. 그제야 냉장고 청소를 하지 않았다는 걸 깨달았다. 암만 보존 방법을 궁리한다 해도 어떤 음식이든 종국엔 썩게 마련이다. 누리는 냉장고에 든 물크러진 야채와 곰팡이 핀 반찬을 꺼냈다. 곰팡이 핀 오이와 주먹 크기로 쭈그러든 자몽을 꺼내 쓰레기봉투에 넣었다.

안개가 바닥으로 자욱이 깔렸다. 캡슐 안을 채웠던 액화 질소가 빠져나가면서 생체 활성화 장치가 가동됐다. 누리는 문밖에서 해동 작업을 지켜봤다. 액화 질소를 막는 방호복을 입은, 스태프 둘이 아버지를 조심스럽게 들어 침상에 올렸다. 코디네이터는 처치실로 옮겨질 테니 대기실에 가서 기다리라고 했다. 체온을 천천히 올리고 부동액을 빼내고 혈액을 넣고 장기를 움직이게 하고 검사까지 마치려면 5시간 정도 기다려야 했다.

"원무과에서 수납을 마치시면 앰뷸런스가 이송할 겁니다."

이글루와 연계된 산하 병원에서 검사를 마치면 퇴원

조치가 끝난다고 했다. ATM 기계에서 돈을 뽑아 원무과에 수납을 마쳤다. 장례식 비용과 병원비까지 감안하면 빚을 져야 할지 모른다.

대기실에 모인 사람들은 초조해 보였지만 설레는 눈치였다. 누리 곁에 앉은 노파는 낙타 인형을 보여줬다. 여섯 살 때 냉동된 손자가 올해 열두 살이 됐다고 했다. 누리가 챙겨온 건 아버지의 속옷과 옷가지가 전부였다. 공기는 차고 의자는 딱딱했다. 노파가 무언가 묻기 전에 누리는 자리에서 일어났다.

* * *

"정신이 드세요?"

아버지는 낮잠에서 깨어난 듯 말간 얼굴로 허공을 바라봤다. 의사는 시력과 청력이 회복되려면 시간이 걸린다고 했다. 머릿속에 든 돌을 굴리듯 아버지는 고개를 갸웃거렸다. 간호 로봇은 원한다면 하루 정도는 병실에 머물러도 좋다고 알려줬다. 여기 있다고 해서 뾰족한 수가 생기는 건 아니었다. 28년이란 시간도 악성 뇌종양을 정복하진 못했다. 담당의는 아버지가 활성화되면서 머릿속 종양도 자라니, 길어야 2개월밖에 살지 못한다고 했다. 암세포야말로 불로불사였다. 아버지를 깨운 건지 종양을 깨운 건지 알 수 없었다. 의사는 입원시켜 치료를 받게 하라고 권했다. 끝까지 희망을 놓지 말라고. 그러나 희망을 선택하면 돈이 들었다.

누리는 아버지에게 감색 점퍼를 입혔다. 간호 로봇은 아버지를 배추 단 나르듯 가볏하게 휠체어에 앉혔다. 기억 속의 아버지보다 졸아든 거 같았다. 누리가 커서인지, 아버지가 탱크 안에서 조금씩 녹아버린 건지는 알 수 없었다.

누리는 챙겨온 털양말을 꺼내 한 짝씩 신겼다. 오른쪽 발을 양말에 밀어 넣는데, 아버지가 손을 뻗어 누리의 손을 잡았다. 개구리 살갗처럼 차갑고 축축했다. 누리는 엉겁결에 손을 빼냈다. 아버지의 손이 허공을 휘저었다. 눈을 보호하려고 씌었던 선글라스가 바닥에 떨어졌다. 간호 로봇은 선글라스를 집어 들었다. 냉동기간 동안 자라난 머리카락은 허리께까지 자랐다. 머리카락을 귀 뒤로 넘겨주며 누리는 아이를 달래듯 말했다.

"이제 집으로 가요."

아버지는 고개를 돌리고 누리 쪽을 바라봤다. 검은 안경알에 마흔 살 누리의 얼굴이 얼비쳤다. 누리는 아버지가 자기를 알아보는지 궁금했다. 지금 얼굴에 열두 살 때 모습이 얼마나 남아 있는지는 가늠할 수 없었다. 체크 배색 남방을 입은 아버지는 누리가 이끄는 대로 고분고분 차에 올라탔다.

집에 와서 병상에 눕히자 아버지는 잠들었다. 구청에서 파견한 로봇 '안심(安心)'은 링거에 수면용 나노캡슐을 투여했다. 아버지의 건강 상태는 지역 보건센터에 데이터로 기록될 것이며 이상 증상이 발생하면 조속한 조치가 취해질 거라고 했다. 안심은 집에 상주하며 누리와 함께 아버지를 돌볼 거였다. 안심은 휴대용 MRI로 아버지를 스캔한 후 날씨를 알려주듯 혈압, 혈당, 체온, 배뇨량에서 종양의 진행 상황까지 담담히 일러줬다. 데이터가 병원으로 전송되면 진단과 처방이 돌아왔다.

다행히 아버지는 로봇에게 거부 반응을 보이지 않았다. 28년 전에 로봇이 어느 정도 상용화됐는지 기억나질 않았다. 아버지는 아이처럼 칭얼거리고 유동식을 뱉어내며 토해댔다. 안심은 귀찮아하지 않고 더러워진 옷을 벗기고 바닥을 닦았다. 대소변을 처리하고 고통스러워하면 진통제를 투여했다. 적잖이 안심됐다. 누리는 자신보다 안심에게 아버지를 맡기는 편이 낫다고 생각했다.

누리는 침대에 반듯하게 누웠다. 천장에 달린 등에 검은 구름이 어른거렸다. 빛에 끌려 들어간 벌레들이 만든 그림자였다. 누리는 검은 구름의 뒤통수를 보며 잠들었다.

"너는 그동안 어떻게 지냈니?"

병원에서 돌아와 몸을 추스른 아버지는 자신이 28년간 잠들어 있었다는 사실도 알게 됐다. 왜 그런 짓을 했냐고 화를 내다가 제풀에 지쳐 까무룩 잠들었다. 누리는 의식을 잃은 아버지 앞에서 되뇌었다. 살려두기 위해서였어요, 근데 뭐가 불만인데요. 살았잖아요, 살아 있잖아요. 그런데 뭐가 불만인데요.

그 뒤로 며칠간 아버지는 천천히 기억을 떠올렸다. 안부를 묻는 말에 누리는 밀린 부고를 한꺼번에 전해야 했다. 할아버지와 할머니, 엄마의 죽음을 전해 듣고 아버지는 아득한 표정을 지었다. 기억을 되찾는 아버지에게 발맞춰 누리도 기억을 하나씩 떠올렸다. 반대 방향에서 터널을 파는 일꾼들처럼. 어떤 지점에선 만났고, 다른 지점에선 엇갈렸다. 두 사람은 화투를 치듯 자신이 가진 정보를 내밀었다. 왼손 검지의 흉터는 문짝에 찧어 난 거다. 엄마는 카레를 잘 만들었다.

"그래, 누리. 우리 누리."

아버지는 미소를 지었다. 봄날 볕이 따뜻할 때 태어나서 누리라는 이름을 붙였노라고.

무언가 떨어지는 소리에 누리는 잠에서 깨어났다. 동작 감지 센서가 상큼한 목소리로 새벽 4시 5분임을 알렸다. 누리는 이불을 걷고 침대에서 일어났다.

거실과 부엌은 엉망진창이 돼 있었다. 휠체어를 탄 아버지는 미친 사람처럼 거실과 부엌을 누볐고, 안심은 상대 팀을 마크하는 농구선수처럼 그 뒤를 바짝 좇았다. 검은 비닐봉지를 뒤집어쓰고 무언가 찾는 사람처럼 보였다. 손에 잡히는 건 닥치는 대로 던졌다.

휠체어가 식탁을 들이박았고, 컵이 바닥에 나뒹굴었다. 무질서한 환경에 놓인 안심은 밀림에 갇힌 자동차처럼 오도 가도 못했다. 잠이 덜 깬 누리는 꿈속 풍경인 양 멍하게 지켜봤다. 하지만 바닥에 널린 유리 조각을 보고는 움직일 수밖에 없었다. 팔목이 잡히자 아버지는 멈췄다. 더듬더듬 누리의 손을 잡았다.

"여기가 어디야?"

아버지는 미아보호소의 아이처럼 사방을 두리번거

렸다. 누리는 안심에게 물을 떠 오라고 했다. 아버지가 몸을 떠는 통에 잠옷 앞섶이 물에 젖었다.

"어디.가.불편하.십니까."

아버지는 앓은 개처럼 끙끙거렸다. 진단을 마친 안심은 아버지의 상태에 이상이 없다고 알렸다.

"저, 누리예요, 아빠 딸이요."

아버지는 앞에 서 있는 누리의 얼굴을 살폈다. 눈을 끔뻑거리며 응시했다. 누리는 슬며시 아버지의 시선을 피했다. 아버지가 누리의 손을 움켜쥐었다. 입술을 달싹거리던 아버지는 팔을 들어 눈가를 문질렀다. 안심이 아버지가 30㎖의 소변을 방출했다고 알렸다.

다음 날 누리는 아버지를 안심에게 맡기고 숍으로 나갔다. 예약한 손님 말고도 세 명의 스킨케어와 바디케어까지 맡아 집에 돌아올 때쯤에는 녹초가 됐다. 매니저는 다음 달에 누리를 일산 지점의 책임자로 추천하겠다고 했다. 이제까지의 성실한 근무 태도에 대한 보답이니 더욱 열심히 일하라고 어깨를 두드렸다.

안심이 보낸 영상 속 아버지는 내내 수면 상태였다. 측정 데이터를 보면 별다른 이상은 나타나지 않았다. 아버지는 약 기운 때문인지 내처 잠만 잤다. 28년 동안의 잠이 이어지는 것 같았다. 누리도 굳이 아버지를 깨우고 싶지 않았다. 함께 나눌 이야기도 없었고 낯선 사람이나 다름없는 아버지에게 살갑게 굴 여력도 없었다. 되도록 아버지와 함께 있을 시간을 줄이고만 싶었다. 정이 쌓인다면 감당하지 못할 것만 같았다. 아버지가 이대로 조용히 잠들었다가 떠나주길 바랐다.

"송경섭 님이 이상 증상을 보이고 계십니다."

집에 돌아오는 길에 안심에게 연락이 왔다. 안심이 전송한 영상 속에서 아버지는 거실과 부엌을 헤매다니고 있었다. 누리는 "빨리" 가달라고 했지만 자율주행 택시는 규정 속도에 따라 교통규칙을 철저히 엄수했다. 아버지가 위험하다는 하소연은 통하지 않았다.

"제발, 그만 좀 하세요."

부엌 바닥은 반찬통과 뽑혀 나온 냉장고 선반들로 어지러웠다. 안심은 그 주위를 어지럽게 맴돌았다. 아버지는, 냉장고에 몸을 반쯤 구겨 넣고 있었다. 닫히지 않은 문틈으로 귤색 불빛이 새어 나왔다. 안심은 아버지가 1시간 8분 전부터 냉장고를 상대로 저런 행동 양태를 보였다고 알렸다. 누리가 조치를 취하라고 발을 굴렀지만 안심은 무표정하게 냉장 온도가 아버지에게 해를 끼치지 않을 거라고 알렸다. 누리는 가방을 바닥에 내려놓고 아버지에게 다가갔다. 조심스럽게 냉장고 손잡이를 잡고 당겼다. 아버지가 바닥으로 굴러떨어졌다. 바닥을 기어서 몸을 일으켜 냉장고로 들어가려 했다. 반찬 통 뚜껑이 열려 멸치볶음이 쏟아졌다. 아버지는 김치 통을 끌어안고 발버둥 쳤다. 사방으로 김치 국물이 튀었다.

"돌……아가야 해."

누리는 냉장고 앞을 막아섰다. 아버지는 누리를 밀치며 손잡이를 잡아당겼다.

"돌아가야 한다고!"

"냉장고에, 미쳤어! 아빠, 사람이 냉장고에 왜 들어가."

안심은 아버지의 혈압이 올라가고 체온이 상승하고 심박수가 빨려졌음을 알렸다. 아버지의 겨드랑이에 팔을 넣어 깍지를 끼었다. 아버지의 입에서 토사물이 쏟아져 나왔다. 누리의 발등이 뜨뜻해졌다.

* * *

"인간의 뇌란 우주처럼 알 수 없는 거니까요."

의사의 말은 늘상 애매모호했다.

병원에 입원하고 사흘이 지났다. 누리가 병실에 들어서자 아버지는 몸을 일으켰다. 안심이 아버지의 등에 베개를 받쳐줬다. 누리는 가방에서 자두 세 알을 꺼냈다. 입원한 뒤, 누리가 원하는 게 있느냐고 묻자 아버지는 뜸을 들인 후 자두를 먹고 싶다고 했다. 겨울에 자두를 구하는 건 쉽지 않았지만 불가능하지도 않았다. 필리핀의 스마트 팜에 주문을 넣었고, 이틀 만에 배송됐다.

"자두. 복숭아가 아니라."

아버지는 어른 주먹 크기의 자두를 멀거니 바라봤다. 유전자 조작으로 과일들은 너나없이 몸집을 키우고 당도를 높였다. 아버지가 알던 자두와 사뭇 달라졌을 터였다.

"자두 맞아요."

아버지는 빨간 전구를 다루듯, 자두를 쥐었다. 손에 힘이 풀렸는지 자두는 바닥으로 떨어졌고, 아버지는 뺨을 씰룩거렸다. 접시를 떨어뜨린 광대처럼 울상을 지었다. 안심이 터진 자두를 거뒀다.

"죄송합니다."

아버지는 안심에게 공손히 사과했다. 안심이 화장실로 사라지자, 아버지는 누리에게 속삭이듯 말했다.

"바지런하긴 한데 무뚝뚝해. 우리말을 잘 모르나 봐."

누리는 씻은 자두를 아버지에게 건네줬다.

아버지는 자두를 오물거리며 연신 발등을 긁어댔다. 냉동 상태에서 경미한 동상에 걸리는 건 흔한 일이라고 했다.

"그만 좀 긁으세요, 덧나요."

입가에 자두의 살점을 묻힌 아버지는 누리가 결혼도 못 하고 마사지사로 일한다며 안쓰럽게 여겼다. 토탈 뷰티 케어 전문가라고 바로 잡아줘도 알아듣질 못했다. 자신이 없는 28년 동안 딸이 실패만 거듭했다는 듯.

"어릴 때 너는……."

누리는 뺨을 맞는 것만 같았다. 살아온 시간이 송두리째 사라진 것 같았다. 몇 번의 겨울을 혼자 건너왔다. 아무것도 모르면서. 그 안보다 바깥이 훨씬 추웠는데.

"버팀목이 못 돼서 미안하다."

아버지는 자두 씨앗을 입에 물고 두리번거렸다. 누리는 아버지의 입 아래 손수건을 대줬다. 아버지가 뱉어낸 씨앗을 손수건으로 감쌌다. 뭉툭한 씨앗은 돌멩이처럼 딱딱했다.

"울어? 누리야. 누가 속상하게 했어?"

아버지가 누리를 멀거니 바라봤다. 안심이 아버지의

입가를 닦아주고 발등에 차가운 수건을 대줬다.

"그만 주무세요."

누리는 씨앗을 감싼 손수건을 주머니에 밀어 넣었다.

아버지의 상태는 점점 나빠졌다. 의사는 마음의 준비를 하라고 통보했다. 어떤 마음을 마련해둬야 할지 알 수 없었다.

일요일 오후, 누리는 안심의 만류에도 불구하고 아버지를 휠체어에 앉히고 밖으로 나갔다. 바람이 매서웠다. 누리는 목도리를 풀어 아버지에게 감아줬다. 휠체어에 앉아 고개를 떨어뜨린 아버지는, 잠든 것처럼 보였다. 아버지의 눈꺼풀이 꿈틀거렸다. 천천히 고개를 들더니 휠체어 손잡이를 잡고 몸을 앞으로 내밀었다.

"들판 같은 데 서 있는데 배도 안 고프고, 목도 마르지 않고, 눈은 내리고, 따뜻하고……."

아버지는 눈을 가느스름하게 떴다.

"봄이 몇 달 남았어?"

볕을 받은 아버지의 얼굴은 녹아내리는 것처럼 보였다. 헤아리기 힘든 감정이 가슴 아래, 명치를 지나 묵직하게 내려앉았다. 돌멩이를 삼킨 듯 아랫배가 저릿했다. 화장실에 들어가 생리대를 갈고 어쩔 수 없다는 말을 되뇌며 세수를 했다.

누리는 정원에 심긴 아버지를 멀리서 바라봤다. 나무 밑에 앉은 아버지는 햇살을 덮고 자는 눈사람 같았다. 재난 영화의 한 장면을 펼쳐졌다. 스크린에서 아무리 참혹한 비극이 일어난들 관객은 주인공에게 도움을 줄 수 없다. 누리는 손발이 잘린 눈사람처럼 아버지를 바라만 봤다. 어깨에 내려앉은 햇살이 내려앉았다.

누리는 천천히 아버지 곁으로 다가갔다. 바람이 휙 불고 나뭇가지에서 눈이 쏟아져 아버지의 어깨에 떨어졌다. 누리는 손으로 눈을 털어줬다. 손바닥에 묻은 눈은 금세 녹아, 물로 스며들었다.

28년 전 이글루 센터의 문을 나설 때도 오늘처럼 햇살이 눈 부셨다. 어린 누리는 고개를 들어 엄마를 올려다봤다. 부푼 눈자위와 벌건 뺨이 보였다. 하지만 표정은 환했다. 그 홀가분한 얼굴이 오래도록 잊히지 않았다. 가끔 그 표정을 떠올리며 아빠를 지워나갔다.

* * *

집으로 돌아온 누리는 무거운 짐을 내려놓듯 잠 아래로 가라앉았다.

눈 내리는 들판, 누군가 하염없이 걸어간다. 눈발은 하늘과 땅을 잇고 누리가 서 있는 자리와 저기의 경계는 지워져갔다. 불러도 뒷모습은 돌아봐주질 않았다. 위로가 될 만한 말, 죄책감을 덜 만한 따뜻한 말을 건네고 싶었지만, 말들은 찢어발겨져 흩뿌려지고 입김인 듯 사라졌다.

누리는 발을 끌며 그 뒤를 좇았다. 어깨에 쌓이는 눈의 무게가 만만치 않았다. 상체는 굽히고 팔을 늘어뜨린 채 다리를 놀렸다. 쏟아질 듯 휘청거리며 겨울 들판을 걸었다. 지독하게 졸렸다. 몸이 자꾸 앞으로 쏟아졌다. 하얀 땅에 안겼다. 뺨 아래 눈은 따뜻했다.

고개를 드니 들판을 걷는 사람들이 눈에 들어왔다. 하얀 그림자처럼 무리 지어 걷는 사람들 속에 아버지는 묻혔다. 점점 멀어졌다. 풍경은 흔들리고 그림자들은 촛불처럼 건들거렸지만 꺼지지 않았다. 누리도 아버지도 눈 내리는 벌판을 걷기는 매한가지였다. 뒤통수는 뒤통수로 놓아두는 게 최선의 배려라고 생각하자 졸음이 쏟아졌다. 자면 죽는다고 누군가 어깨를 흔들었다. 누리는 천천히 몸을 일으켜, 그들이 남긴 희미한 발자국을 따라 걸었다. 발자국은 때론 겹쳤고, 누리의 발에 쓸려 지워지기도 했다.

고개를 드니 허공에 흰 침대들이 떠 있었다. 뿌리처럼 드리워진 링거 줄이 흔들거렸다. 침대 아래로 직사각형 그림자들이 둥싯거렸다. 누리는 허공을 휘저었지만 아무것도 잡히지 않았다.

새벽 5시 40분, 안심에게서 연락이 왔다.

누리는 영영 잠든 아버지의 얼굴을 바라봤다. 손바닥으로 얼굴을 만져봤다. 추위를 막아주지 못하는 얇은 거죽은 차가웠다. 턱 밑이 까슬까슬했다. 누리의 손끝에서 아버지의 살갗으로 체온이 옮겨갔다. 누리는 아버지의 얼굴을 쓰다듬었다. 죽은 발에는 털양말을 신겨줬다.

장례식은 생략하고 화장을 하기로 결정했다. 시신은 냉동고로 옮기지 말고 바로 화장터로 옮겨달라고 부탁했다. 안심은 어젯밤 폭설로 교통 정체가 예상된다는 말로 작별 인사를 마쳤다.

누리는 무심결에 안심의 팔뚝을 잡았다. 안심은 위로의 말을 건네거나 다독거려주지 않았다. 아버지에 관한 데이터를 말끔히 지우고 다음 고객에게 헌신할 것이다. 누리도 이내 안심을 잊을 것이다. 하지만 지금 당장, 잠시 붙들거나 기댈 데가 필요했다. 안심은 나무

처럼 빳빳하고 꿋꿋했다.

"고마워."

안심은 매뉴얼대로 답변을 산출했다.

"별.말씀을요. 이게. 제가.할 일인걸요."

안심은 10초 뒤에 조심스럽게 팔을 빼내곤 관리인을 따라갔다.

알티스 랩에서 걸려 온 전화를 받으며 누리는 차에 올라탔다.

"목소리가 왜 그래? 어디 아파?"

매니저는 요즘 날씨가 쌀쌀해 감기가 유행한다며 약이라도 잘 챙겨 먹으라고 했다. 국화 님이 애타게 찾는다는 말에 누리는 내일이면 정상적으로 출근할 수 있다고 알렸다. 누리는 창에 이마를 기대고 흩어지는 눈발을 바라봤다. 싸라기눈은 창에 잠시 들러붙었다 사라지며 반짝였다. 주머니에 손을 밀어 넣자 뭔가 만져졌다. 손수건을 펼치자 말라붙은 자두 씨앗이 모습을 드러냈다. 누리는 씨앗을 손에 넣고 굴렸다. 손바닥이 간지러웠다.

"돌멩이를 심어둬야, 눈사람이 있던 자리를 알 수 있지."

일요일에 아침부터 눈이 내렸다. 커튼을 열자 환한

세상이 펼쳐졌다. 어린 누리는 목도리를 두르고 장화를 신고는 정원으로 나섰다. 아빠의 등이 어렴풋하게 떠올랐다. 돌멩이에 고물을 묻히듯 눈가루를 붙여 건네줬다. 노란 줄무늬가 스며든 못난 돌이었다. 아빠는 돌멩이가 눈사람의 씨앗이라고 말했다. 느티나무 아래 세워둔 눈사람은 햇살에 허물어져갔고, 발길질에 파였고, 진회색 얼룩으로 사라졌다. 눈사람이 품었던 돌멩이 따위는 까맣게 잊었다. 땅을 파고 씨앗을 심고 흙을 덮고 기다리면 비로소 무언가가 시작된다. 시간은 흘러야 했다.

집으로 돌아온 누리는 식탁 의자에 쓰러질 듯 앉았다. 식탁에는 빈 컵이 놓여 있었다. 컵을 들자 동그란 물 얼룩이 눈에 들어왔다. 컵은 일러줬다. 누군가 물을 한 모금 마시려고 집에 찾아왔고 물만 마시고 사라졌다고. 누리는 개수대에 컵을 놓아뒀다. 손등으로 찬 물이 쏟아졌다.

작가의 말

냉동인간을 다룬 글이라 가제는 「겨울잠」. 순해 빠지고 몹시 흔해서, 간판을 바꿔 달았습니다. 하여 「눈밭, 자두 씨」

붉은 '자두'는 심장을 닮았습니다. 무른 과육 속엔, 큼지막한 씨를 품었죠. 작은 열매라 순식간에 먹어 치울 수 있습니다. 하지만 단단한 씨앗을 남깁니다. 돌멩이를 품은 눈사람처럼. 돌멩이는 눈사람의 씨앗이자 출발점이고, 눈사람이 녹은 뒤에 남기는 마지막 말입니다. 눈밭을 헤매는 사람들의 발밑에 숨은 단단한 가능성 같은, 죽음이 영영 이별이 아니란 말을 하고 싶었을지도 모릅니다. 물컵을 치워도 동그란 자국이 남듯.

과학기술이 그려낼 장밋빛 미래보다는 '그늘'에 눈 돌렸습니다. 아무리 신통방통한 기술이 개발된다 한들, 그걸 누릴 여건이 넉넉지 않아 소외되는 사람들의 이야기. 사람이 죽음을 미워하고, 미루고, 피하려는 건 당연하지만, 자연스럽지는 않다는 얘기도 하고팠습니다. 자두를 먹어 치워야만 다음 자두를 피워낼 씨앗을 손에 쥘 수 있겠죠.

이 글을 읽는 분들 마음에, 흰 눈밭에 놓인 빨간 자두가 그려지기를. 손에는 돌멩이 같은 씨앗이 남아주길.

이달의 장르소설

조던 시카고를 신고 목을 맨 남자

오아린

부경대에서 영문학을 전공하다 못다 이룬 꿈을 이뤄보고자 자퇴 후 서울 경기대학교 연기과로 편입했다. 그곳에서 본격적으로 글 공부를 시작했고, 케이툰에서 로맨스 소설로 데뷔했다. 현재 네이버 웹툰에서 스포츠 성장 드라마 '싱글브로'를 연재 중이다. 언제나 미스터리 소설이 쓰고 싶었다.

1

발버둥 치면 칠수록 숨통을 조이는 올가미 매듭법은 1953년 미국 일리노이주에 사는 농부 제임스가 발명했다. 사실 누가 최초인지에 대해서는 여전히 논란이 있으나 올가미 매듭법을 특허 내려고 한 사람은 제임스가 처음이었으므로 그를 최초라고 기록한다.

특허는 거절당했다. 하지만 제임스는 올가미 매듭법을 특허 내려다 커진 논란을 기회로 바꾸어 자신만의 종교를 만들었다. 종교의 이름은 'Make your Lariat Loop' 줄여서 'MLL'이었다. 가끔은 메이저 리그(Major League Baseball, MLB)에 관한 동호회인 줄 알고 찾아온 사람도 있는 허술하기 짝이 없는 단체였다. 제임스는 자신이 올가미 매듭의 창시자이고, 그 속에 영혼을 가둬둘 수 있다는 말로 신도들을 유혹했다. 어지러운 세상에서 자신의 영혼을 잠가놓을 줄 아는 사람만이 성공할 거라고 했다.

1950년대 중반, 당시 미국 일리노이주에서는 UFO가 자주 포착됐다. 때문에 주민들은 외계인이 언제 쳐

들어올지 모른다는 불안감에 사로잡혀 살았다. 그들은 외계인에게 영혼을 빼앗기기 전에 자신의 영혼을 지구에 단단하게 묶어두고 싶어 했다. 어쩌면 세상에서 제일 운이 좋았을지도 모르는 제임스의 MLL교는 외계인 특수를 맞아 한때 동네 교회만큼 몸집을 불렸다.

종교 자체는 엉터리였지만 제임스는 진심이었다. 그는 언제나 허리춤에 올가미를 묶고 다녔으며 'Loop', 루프로 기도를 대신했다. 신도들과 기도를 할 땐 그들을 둥글게 서게 한 뒤, 그들의 손을 매듭으로 묶어 연결했다. 줄을 조이는 부분은 제임스가 잡고 있었고, 그가 줄을 당길 때마다 신도들은 중앙으로 모이게 됐다. 기도실 천장에는 큰 거울이 달려 있었다. 덕분에 신도들은 그들이 기도를 할 때마다 펼쳐진 꽃에서 다시 꽃봉오리로 접어드는 모습을 직접 목격할 수 있었다. 자신의 영혼을 잡아두고자 했던 신도들은 굳게 닫히는 꽃봉오리 같은 모습에 안도했다.

그러나 안타깝게도 그 행위는 오래가지 못했다. 오만가지의 사이비가 성행하는 미국에서 그런 어설픈 교리로 사람들을 오래 잡아둘 순 없었다. 성서라도 있었으면 더 길어졌을지 모르나 안타깝게도 제임스는 글재주가 눈곱만큼도 없는 인간이었다. 신도들의 요청에 혼자 끙끙대 본 적도 있지만, 결과는 자신이 봐도 끔찍한 글의 향연이었다. 때문에 그는 오직 올가미에 진리가 있다고만 말했고, 꽃봉오리가 시들 무렵 신도들도 모두 그를 떠났다. 하지만 제임스는 슬프지 않았다. 외롭지도 않았다. 그의 옆에는 MLL에서 만나 결혼까지 성공한 아내 케이트와 사랑하는 딸 메리가 함께 있었기 때문이었다. 다른 건 몰라도 자신의 행복 하나는 꽉 잡은 제임스였다.

게다가 그는 꽤 좋은 아버지였던 모양이다. 어릴 때부터 사이비 교주인 아버지의 밑에서 자란 탓에 괴롭힘도 많이 당했던 메리는 그럼에도 불구하고 아버지 제임스를 옹호했다. 한 지역 신문의 기자가 아버지가 창피하지 않냐고 메리에게 물었을 때, 그녀는 말했다. 내 아버지 제임스는 자신이 믿는 걸 진심으로 믿었고, 그 누구에게도 피해를 끼치지 않았다고. 단지 우스꽝스럽다는 이유만으로 내 아버지를 욕하는 건 용서할 수 없다고도 덧붙였다.

대중들은 그런 메리의 당당함에 매료됐다. 다시 생각해보면 이 가족들에게는 사람을 홀리는 매력 같은 게 있었던 것 같다. 덕분에 메리는 『내 아버지는 사기꾼이 아니다』라는 책을 내며 베스트 셀러 작가가 됐고,

그로 인해 벌어들인 수입으로 종교가 사라진 이후에도 풍족한 생활을 영위할 수 있었다.

2

가을, 서른다섯의 박철수는 죽음을 눈앞에 두고 있다.

불치병 같은 게 아니라 그냥 스스로 생을 마감하기로 결정했다. 삶의 모든 걸 스스로 결정하고 싶었지만, 자신이 스스로 결정할 수 있는 건 오직 자신의 목숨뿐임을 깨달았기 때문이었다. 그는 유서를 써야 할까 고민했다. 하지만 평생 세상에 흩뿌린 쓸데없는 말과 욕설들을 생각하면 죽을 때만이라도 입을 닫치는 게 세상에 대한 예의 같았다.

택배요!

"오, 택배 왔다."

죽을 인간에게도 택배는 반가운 물건이었다. 냉기 가득한 방바닥에 앉아 등산용 로프를 만지작거리던 그가 택배 소리에 얼른 문으로 달려 나갔다.

잠금장치를 풀고 문을 열자 '끼익, 끽!' 오래된 푸른 철문이 요란한 소리를 냈다. 그는 철문만큼이나 빛이 바랜 파란색 스트라이프 트렁크 팬티와 목이 늘어난 회색 티를 입은 채 복도의 차가운 공기를 맞이했다. 송장에서 택배 내용물을 확인한 눈이 반짝 빛났다. 그는 박스를 라이언 킹처럼 높이 들어 올리며 소리쳤다.

"드디어 왔구나! 내 사랑 조던 시카고 1994! 내가 이걸 손에 넣다니."

감격에 겨운 눈으로 신발을 들고 걸음을 옮길 때마다 찌덕찌덕 오래된 장판이 그의 발을 붙잡았다가 다시 힘없이 늘어졌다.

언제부터 조던을 사고 싶었는지 기억나지 않는다. 다만 아주 오래됐다는 것만 생각났다. 그간 조던을 살 시도조차 하지 못한 건 '그'가 얼마나 비싸게 거래되는지 알기 때문이었다. 오늘 박철수가 손에 넣은 조던 시카고 1994, 270mm 사이즈는 현재 300만 원에 거래되고 있었는데, 그 돈이면 월세 10개월 치와 맞먹는 금액이었다. 하지만 상관없었다. 이제 죽을 사람이었다. 저승으로 가는 길에 수의 정도는 폼 나게 하고 싶다는 게 박철수의 생각이었다. 붉은색 조던 시카고 1994는 박철수의 수의였다.

* * *

부자들은 돈으로 모든 걸 살 순 없다고 말하지만, 그들도 우리도 알고 있다. 돈이 있으면, 그것도 아주 많으면 대부분 쉽게 손에 넣을 수 있다. 그저 몇, 아주 소수의 것만 그럴 수 없을 뿐이다. 많이 가진 자들은 그 소수에 집착한다.

반대로 박철수는 다수에 집착했다. 천 원짜리 어묵 하나와 편도 버스비를 교환하지 않을 용기에, 삼각김밥 10개와 시장 통닭을 놓고 저울질하지 않을 여유에, 그리고 생일을 맞아 소고기 3만 원 치를 사놓고 레스토랑에 온 거나 다름없다고 스스로를 속이는 최면술까지. 그는 자신의 초라한 현실을 벗어나기 위해 매일 많은 것들에 집착해야 했다.

그럼에도 불구하고 박철수는 살았다. 생활했다. 매일 도전하고 고꾸라지고 가끔 취직해 일하면서 쥐꼬리만 한 월급에 한탄하며 삶을 이어 나갔다. 그는 믿었다. 언젠가 자신의 작품이 세상에 나가 많은 이들에게 사랑받고, 이런 고통스러운 시간을 자신을 발전시킨 디딤돌로 여길 수 있는 날이 올 거라고, 그렇게 믿었다. 농구 만화로 세계를 제패한 이노우에 다케히코처럼 '이게 삶이야! 이게 재미야!'라고 소리치는 작품을 세상에 내놓고 싶었다. 그러기 위해선 생계를 이어 나가야 했다. 기회가 올 때까지 기다려야 했다.

서른 초반까지만 해도 박철수는 크게 걱정하지 않았다. 서른이 되면 더 농익은 작품을 쓸 수 있다며 큰소리쳤다. 같은 나이의 친구들이 결혼을 하고, 아이를 낳고, 아파트를 사도 부러워하지 않았다. 한 방. 딱 한 방만 터뜨리면 한번에 그 모든 걸 가질 수 있으리라 생각했다.

하지만 그 한 방은 쉽게 찾아오지 않았다. 그렇게 한 방 없는 서른다섯이 되자 굳건했던 믿음이 흔들리기 시작했다. 서른보다 마흔이라는 나이에 가까워지자 입이 바싹 말랐고, 잠을 자도 악몽만 꿨다. 아침엔 불안한 마음으로 눈을 떴고, 제대로 잠을 자지 못한 탓에 얼굴은 늘 검은빛이었다. 불안은 단숨에 박철수를 집어삼켜 그의 단단했던 의지를 꺾고, 그의 새카만 머리카락을 희게 만들었으며, 마침내 음식 대신 등산용 로프를 사게 했다.

부모님께 손을 벌릴 수도 없었다. 그의 부모는 이미 그를 위해 좋은 아파트를 팔고 방 두 칸짜리 빌라로 이사 간 뒤였다. 그들은 '아들, 아빠랑 엄마는 너를 믿어'

라고 말했다. 그 말이 박철수의 가슴을 무겁게 짓눌렀다. 믿음이라는 족쇄가 자신의 심장을 꽉 부여잡고 놓아주지 않는 것처럼 느껴졌다. 그래서 박철수는 답하지 못했다. 그 믿음에 보답할 거라고 말하기엔 숨이 너무 찼다.

그가 죽음을 결심한 이유는 또 있었다. 8년이란 기간 동안 저렴한 가격으로 살았던 원룸 건물이 다른 집주인을 만나 아예 리모델링 된다고 했다. 연장의 기회가 없는 만기가 다가왔다. 이렇게 된 이상 그가 갈 곳은 부모님의 집뿐이었다. 박철수는 그럴 수 없었다. 그러고 싶지 않았다. 실망한 그들의 얼굴을 더는 보고 싶지 않았다.

그래서 결심했다. 죽기로.

* * *

박철수는 계획형 인간이었다. 따라서 그는 죽을 자리와 시간을 미리 탐색했다. 살던 집에서 죽을 수도 있었겠지만, 월세 계약서엔 '퇴거 시 15만 원의 청소비가 기본적으로 부가되고, 제거할 수 없는 치명적인 얼룩이나 파손 등이 발견될 시 보증금에서 삭감 후 보증금을 반환할 것'이라는 특약이 추가돼 있었다. 별생각 없이 사인한 계약서가 마지막까지 그의 발목을 잡았다. 기본 청소료는 어쩔 수 없지만, 사람이 죽었을 때 필요한 청소료는 어림짐작해도 월세보다 비쌀 터였다. 그래서 박철수는 돈이 들지 않는 묫자리를 찾기로 했다. 맨발에 신어도 빛나는 조던 시카고 1994처럼 인생의 마지막이라도 멋있게 장식하고 싶었다.

그 결심은 그를 용왕산으로 향하게 했다. 용왕산은 박철수의 집 근처에 있는 산으로, 기운이 좋기로 유명했다. 나 자신은 초라할지라도 내 수의와 내 뼈가 묻힐 곳만큼은 근사하길 바랐다. 용왕산은 도심에 있는 산이니만큼 입구가 여러 개였는데, 박철수가 미리 찜해 놓은 입구는 사람들이 8번 입구라고 부르는 곳으로 외진 골목 4층짜리 건물 뒤에 숨듯이 있었다. 가끔 등장하는 시끄러운 동네 산악회원들을 제외하면 이곳을 이용하는 사람은 거의 없었고, 그들은 항상 이른 아침에 발걸음을 했기 때문에 마주칠 일은 없을 거였다.

장소를 정했으니 다음은 시간이었다. 일단 새벽은 피하기로 했다. 사람들은 흔히 새벽에 인적이 드물 거라 생각하지만, 아니다. 대한민국의 등산인들은 새벽을 좋아한다. 아니, 사랑한다. 새벽에 산을 올라 보면 알

거다. 얼마나 많은 사람이 산에 오르는지, 얼마나 빨리 정상에 도달해 사진을 찍는지, 얼마나 많은 사람이 같은 김밥을 먹고 있는지.

그리하여 박철수는 새벽도, 아침도 아닌, 아주 야심한 밤에 산을 오르기로 했다. 밤에 큰 무리 없이 산을 오르려면 미리 길을 익혀놔야 했다. 그래서 박철수는 매일 출근하듯 산을 올랐다.

그렇게 움직인 보람이 있었다. 박철수는 길을 익힘과 동시에 죽기 좋은 장소를 찾아냈다. 그곳은 산 중턱까지 올라가 살짝 옆으로 빠지면 있는 작은 공터였다. 공터라기보단 사실 평평한 땅이 둥근 형태로 자리하고 있는 곳에 불과했지만, 사람 다섯 정도는 둥근 형태로 충분히 앉을 수 있는 공간이기도 했다. 이곳으로 오려면 발이 푹푹 빠지는 진흙 길을 꼭 통과해야 했지만 걱정하지 않았다. 조던 시카고 1994는 진흙탕에 빠져도 멋있을 테니까.

만약 시체가 아주 늦게 발견된다 해도 문제 될 건 없었다. 산이니 잡식을 하는 동물이나 새들이 그를 먹어치울 수도 있고, 썩은 몸뚱이는 비료가 될 수도 있었다. 박철수는 몸을 굽혀 바닥의 흙을 매만져봤다. 가까이서 본 흙은 짙은 갈색이 아닌 검붉은색을 띠고 있었다.

박철수의 수의는 이제 붉은 비석이 될 거다.

* * *

결전의 그날이 다가왔다. 죽으러 가는 길이라 생각하면 맘이 편할 줄 알았는데, 입이 바싹 마르고 숨이 찼다. 자주 입어 늘어난 청바지와 회색 맨투맨은 땀으로 흥건했다. 로프는 벨트가 됐다. 기다란 로프의 꼬리가 박철수의 뒷주머니에서 달랑거렸다. 부지런히 발을 옮기던 그가 걸음을 멈춘 곳은 8번 입구를 가리듯이 서 있는 아이보리색 건물 앞이었다. 잔뜩 인상을 구긴 그가 갑자기 침을 '퉤!'하고 뱉었다.

"재수 없는 새끼."

박철수는 이 건물을 싫어했다. 처음 본 순간부터 지금까지 그랬다. 스튜디오로 사용되고 있는 이 건물은 전체적으로 아이보리색에 가로로 된 큰 직사각형 위로 그보다 작은 직사각형을 세로로 얹어놓은 형태로 총 4층짜리 건축물이었다.

굳이 옆 공간을 허비하는 식으로 지은 4층짜리 건물, 돈 많은 건축가가, 아니 건물주가 이 건물로 예술이라도 한 듯 보였다. 소위 말하는 돈지랄이어서일까? 박철수는 이 건물을 볼 때마다 묘한 열등감에 사로잡혔다. 모든 건물이 자신의 머리 위에 있음에도 불구하고 박철수는 이 건물만이 자신을 깔보고 또 내려다본다고 생각했다.

생각을 마치자 끈적하게 눌어붙은 생의 마지막 흔적이 눈에 띄었다. 초라하기 짝이 없는 반투명한 형태의 점액질. 마지막 흔적이 고작 침이라니. 너도 참 너다. 그렇게 스스로를 타박하던 때, 박철수의 시야에 붉은빛이 걸렸다. 뭔가 싶어 고개를 숙이자 조던 시카고 1994가 나를 잊었냐는 듯 빨갛게 빛나고 있었다. 박철수는 싱긋 웃었다. 그리고 발을 들어 그 청아한 아이보리 벽에 '쾅!' 하고 내리찍었다. 한 번, 두 번, 세 번, 네 번. 벽을 발로 찰 때마다 묘한 쾌감이 그를 감쌌다. 비가 와도 눈이 와도 고고하게 빛나던 그 건물에 마침내 박철수의 흔적이 짙게 새겨졌다.

위용위용!

그때 어디선가 사이렌이 크게 울렸다. 깜짝 놀란 박철수가 얼른 몸을 웅크렸다. 다행히 사이렌 소리는 점점 멀어졌지만, 박철수는 볼썽사납게 구겨진 자기 자신이 창피했다. 그래서 얼른 일어나 등산로 쪽으로 향했다. 여기 더 있다가는 어떤 '위용위용'한 인간이 자신을 잡으러 올 거 같았다. 그럴 가능성은 제로에 가까웠지만 어쩔 수 없었다. 박철수는 그런 인간이었으니까.

* * *

박철수는 미리 정해놓은 묫자리로 곧장 향했다. 혹시라도 사람을 마주치면 어쩌나 했는데 한 치 앞도 안 보이는 야밤의 산을 오르는 사람은 없었다. 너무 깊은 어둠은 마치 꿈 같았다. 침을 꿀꺽 삼키며 바닥에 손을 대자 축축하고 차가운 기운이 느껴졌다. 휘이잉- 서늘한 바람에 부딪히는 나뭇잎 소리가 사람들이 수군대는 것처럼 들렸다. 어쩐지 오싹한 기분에 박철수는 습관적으로 핸드폰을 꺼냈다. 딱히 연락할 곳은 없었다. 잠시 망설이던 그가 카메라를 켜 자신의 얼굴을 살폈다.

"벌써 얼굴이 시체 같네."

예전에 친구 부모님의 장례식에 참석했다가 들은 적이 있다. 죽은 자의 얼굴은 푸른빛을 띤다고. 뭇 할리우드 영화에서 외계인을 파란색으로 표현하는 것도 사실 사람의 시체에서 출발한 거라고 했다. 그 말을 다 믿는 건 아니지만 꽤 일리가 있다고 박철수는 생각했다. 그 말을 해준 친구는 장례식장에서 일하고 있었는데, 목을 맨 사람은 얼굴이 누구에게 얻어맞은 듯 검붉은색이 된다고도 일러줬다. 피가 빠져나가지 못한 탓에 멍이 들 때 보이는 반점 같은 게 얼굴에 싸악 퍼져 있는데 그건 상상보다도 훨씬 더 징그럽다고도 덧붙였다. 박철수는 어쩌면 그가 자신의 미래를 예견한 걸지도 모르겠다고 생각했다. 그리하여 그 징그러운 죽음 대신 척박한 생을 택하라는 뜻이었을지도 모르겠다고.

박철수는 고개를 저어 쓸데없는 생각을 털어냈다. 허리에서 로프를 빼내 손에 쥐었다. 어두워서 그런지 로프 겉감의 거칠함이 더 예민하게 느껴졌다. 그는 오른손에 로프를 한 번 감고 남은 로프를 어깨에 걸쳤다.

핸드폰 플래시로 주위를 살피며 아주 굵고 단단한 나뭇가지를 찾았다. 오른손에 감았던 로프를 그대로 빼내 그 사이로 긴 로프를 통과시켰다. 그리곤 로프의 끝에 무게 추를 만든 다음 높은 나뭇가지 위로 로프를 던져 오른쪽이 조금 더 긴 형태로 조절했다. 올가미 매듭법의 창시자인 미국인 제임스는 사람들은 보통 오른손을 많이 이용하기 때문에 오른쪽을 길게 내려 매듭을 만드는 게 편하다고 말했다. 문득 박철수는 궁금해졌다.

"매듭으로도 재벌이 될 수 있나?"

제임스의 최후를 알지 못하는 박철수는 이런 매듭으로 돈을 벌었을 창시자를 부러워했다. 실제로 창시자 제임스는 재벌이 되진 못했지만, 가족을 얻어 행복하게 살았다. 이 사실을 알았더라면 박철수의 미래가 달라졌을까?

바스락. 올가미의 높이를 조절하느라 뒤로 물러나자 지금껏 의식하지 못했던 낙엽 부서지는 소리가 스피커의 볼륨을 화악 올린 듯 커졌다. 그의 발밑에 죽음이 가득했다. 그 또한 곧 죽음이 될 터였다. 바스락거리는 낙엽 소리에 박철수는 마지막이라도 외롭지 않아 다행이라고 생각했다.

30분이 더 지났다. 정성 들여 올가미를 완성한 박철수가 '후-' 짧게 숨을 내쉬었다. 고개를 들자 어둠 속에서 살빛의 올가미가 희미하게 흔들렸다. 박철수의 얼굴이 조금 붉어졌다. 심장이 빠르게 뛰었다. 사납게 위를 향해 있던 눈매는 부드러운 곡선을 그렸다. 덥수룩한 수염 아래 자리한 입술은 하늘을 향했다.

그랬다. 그는 웃고 있었다. 돈을 들이지 않은 이 기운 좋은 묏자리가 참 근사하다고 생각했다. 깊은 어둠 속에서 그의 죽음을 받아낼 커다란 나무 한 그루가 박철수를 빤히 내려다보고 있었다.

3

염창 산타 산악회. 그 시작은 염창동 포니아파트 101동 주민들이었다. 현재는 등촌, 멀게는 마곡까지 커버하는 큰 동호회지만, 시작은 그저 동네 주민들이 신나게 등산을 하기 위해 만든 거였다. 이름은 부가적으로 지었다. 산을 타니까 '산타'였다. 그런데 이름을 짓고 나니 온라인 카페도 만들고 싶어졌고, 그렇게 만들고 나니 정기적인 모임도 하게 됐고, 사진도 찍고 올리다 보니 어느새 그들의 산악회는 꽤 큰 규모가 돼 있었다.

그렇다고 해도 정기적으로 모이는 사람은 일정했다. 포니아파트 101동 5층의 선미 아줌마, 3층의 진욱 아버지, 11층의 의사 할아버지, 그리고 18층의 등산 아가씨가 바로 그들이었다. 각각의 이름은 따로 있었지만, 그들은 서로를 그렇게 불렀다. 자식의 이름을 따서 선미 아줌마와 진욱 아버지, 직업을 따서 의사 할아버지, 그리고 어울리지 않게 어른들 모임에 진득하게 껴 있는 등산 아가씨까지.

그들은 오늘도 새벽부터 등산에 나설 예정이었다. 새벽 3시 30분의 산행. 그들에게도 이례적인 시간이었지만 등산 아가씨는 요즘 생각이 많이 머리가 복잡하다며 조금 더 이른 산행을 요구했다. 의사 할아버지는 언제나 새벽 3시에 기침하였으므로 그에 동의했고, 아이들을 챙기느라 바쁜 선미 아줌마와 진욱 아버지가 조금 힘들어했지만, 요즘 미라클 모닝이라는 게 유행이라고 들었다며 참가 의사를 밝혔다. 다만 평일엔 모두 해야 할 일이 있었으므로 등산 장소는 가까운 용왕산을 택했다. 오늘은 포니아파트에서 가장 가까운 입구인 8번 등산로를 이용하기로 했다.

겨울이 다가온 새벽은 쌀쌀함을 가득 머금고 있었고, 새카맣게 어두웠다. 회원들은 모두 약속한 시간보다 10분 일찍 나타났다. 그중 이목구비가 아주 짙고, 머리가 벗겨져 넓어진 이마에 랜턴을 맨 중년 남성이 말했다.

"저처럼 등산용 랜턴을 이마에 착용하시고요, 제 뒤만 잘 따라오세요. 힘들면 힘들다고 말해주셔야 합니다. 잊지 마세요. 우리 동호회의 목적은 첫째도 건강, 둘째도 건강입니다!"

그렇게 힘차게 출발했지만, 얼마 가지 못해 걸음이 눈에 띄게 느려졌다. 며칠 전 내린 비 때문에 길 군데군데가 아직 젖어 있었고, 이렇게까지 어두운 새벽에 산행을 한 건 모두가 처음이기 때문이었다. 깊은 어둠 속에 산악회 회원들의 거친 숨소리만 울려 퍼졌다. 평소와 달리 중턱의 쉼터가 더 멀게 느껴졌다. 설마 길을 잃은 건가 생각하자 발에 들러붙는 진흙이 더더욱 무겁게 느껴졌다. 여차하면 119를 불러야겠다고 생각하던 순간, 거짓말처럼 평지가 나타났다. 불안한 마음에 입술만 잘근잘근 씹던 진욱 아버지는 그제야 활짝 웃었다.

“여러분, 여기서 잠시 쉬고 가시지요! 올라오느라 고생하셨습니다!”

일행들은 살았다고 생각했다. 내색은 안 했지만 그들 또한 길을 잘못 든 게 아닌가 생각하던 참이었다. 의사 할아버지는 거친 숨을 내쉬며 기다란 등산용 가방 위에 걸터앉았고, 선미 아줌마가 사이좋게 그 옆을 차지했다. 남은 건 등산 아가씨였는데, 그녀는 어째서인지 꼼짝도 않고 서 있었다. 마치 늪에 빠진 듯 말이다.

“아가씨, 얼른 올라와요! 간식이라도 먹고 힘을 내야 정상을 정복하지!”

할아버지와 선미 아줌마가 뭐 뱀이라도 본 거 아니냐고 말하자, 등산 아가씨가 이를 딱딱 부딪었다. 그녀는 덜덜 떨리는 손가락으로 진욱 아버지의 머리 위를 가리켰다. 세 사람의 고개가 한꺼번에 위를 향했다. 그리고…….

"꺄악! 으아아악!!!"

고요한 산속에 찢어질 듯한 비명이 울려 퍼졌다.

4

X됐다.

눈을 뜨고 하얀 아침 햇살을 맞이한 박철수가 제일 먼저 한 생각은 그거였다. 박철수는 죽지 않았다. 죽지 못했다. 그렇다면 저 나무에, 박철수의 매듭에 걸린 건 과연 무엇이란 말인가?

'매듭을 만드는 데 너무 집중했어. 너무 힘을 뺐다고. 하……. 진짜 잠깐만 쉬자고 생각했는데.'

사실은 이랬다. 올가미 매듭을 만드는 데 체력을 다 쏟은 박철수는 바로 목을 매달지 않고 생의 마지막 풍경을 잠시 감상하기로 했다. 그래서 올가미와 조금 떨어진 곳에 잠시 등을 기댔을 뿐인데, 눈을 뜨니 아침이었다. 박철수는 태아처럼 몸을 웅크린 채 낙엽을 이불처럼 덮고 있었다. 우물쭈물하다 일어날 시기를 놓친 그는 낙엽 더미 속에서 눈만 빼꼼 내놓을 수밖에 없었다. 왜냐하면 그가 눈을 떴을 땐 이미 경찰이 와 있었기 때문이었다.

"그러니까 야간 산행을 하다가……."

"새벽이요. 새벽 산행."

선미 아줌마가 발견 당시의 상황을 묻는 경찰의 말을 얼른 정정했다. 경찰은 귀찮은 듯 눈썹을 살짝 찌푸리고는 볼펜으로 야간이라는 글자를 찍찍 그어 없앴다.

"그러니까 새벽 산행을 하다가 위를 봤는데 저 여자가 목을 매달고 있었다는 거죠?"

"네, 맞습니다."

산악회 회장인 진욱 아버지가 진지한 얼굴로 답했다. 그리고 의사 할아버지를 가리키며 말했다.

"혹시 살아있나 싶어서 만져봤는데 몸이 너무 차갑더라고요. 저기 어르신이 의사 선생님이라 확인해달라고 했더니, 확실하다고 하셔서 얼른 신고한 겁니다."

"잘하셨어요. 아! 여깁니다!"

현장 상황을 받아 적던 경찰이 형사 둘을 발견하곤 손을 쭉 뻗었다. 사실 경찰은 이 상황이 100% 자살이라고 생각했다. 하지만 발견한 사람들이 동네 커뮤니티 중에서도 말 많기로 유명한 '산타 산악회' 회원이라는 걸 알고 조사하는 시늉이라도 하기로 결정했다. 그렇지 않으면 공무원 주제에 일을 제대로 하지 않는다며 팩스 폭탄이나, 전화 폭탄을 받을 테니 말이다.

"수고 많으십니다."

짧게 인사하며 나타난 형사 둘은 베테랑과 신입의 콤비였다. 베테랑 형사는 눈이 작지만 끝이 올라가 있어 마치 뱀의 그것 같았고, 신입 형사는 그보다 키는 컸지만 앳된 얼굴 때문에 뱀의 먹잇감인 참새 같아 보였다.

"……!"

아니, 아니다. 그 뱀의 먹잇감은 바로 박철수였다.

"거기! 꼼짝 마!"

놀랍게도 베테랑 형사는 현장에 도착하자마자 박철수가 숨어 있는 곳을 정확하게 짚어냈다. 얼굴까지 낙엽 속에 숨기고 있어 제대로 살피지 않으면 절대 찾을 수 없을 거라 생각했는데, 그의 뱀 같은 눈은 정확히 박철수를 노려보고 있었다. 어쩌지? 지금이라도 튈까?

"움직이지 마십시오."

하지만 이번에도 늦었다. 어느새 박철수의 등 뒤로 다가온 참새 형사가 그의 팔을 잡고 등 뒤로 강하게 포박했다.

"도망갈 생각 하지 마세요. 쓸데없는 반항은 서로 시간만 낭비하는 겁니다."

뱀과 참새, 그들은 환상의 콤비였다. 뱀 형사가 박철수의 시선을 빼앗고, 그 사이 참새 형사가 날아올랐다. 포박만 되지 않았어도 박철수는 그들에게 박수를 보냈을 거다.

"알겠습니다, 형사님. 그런데 제발 제 말 좀 들어주세요. 저는 그냥 잠만 잤을 뿐이에요. 눈을 떴는데 여자가 죽어 있고, 경찰도 있어서 어떻게 해야 할지를 몰랐을 뿐입니다. 저야말로 궁금해요, 형사님. 저 여자는 왜 하필 제 올가미에 목을 매달았대요?"

아주 소름 끼치는 정적이 찾아왔다. 그걸 깬 건 뱀눈 형사였다.

"제 올가미라고 그러셨습니까?"

"예?"

"방금 그러셨잖아요. '제 올가미'라고."

"어……."

박철수가 거짓말을 잘하는 인간이었으면 진작 작가로 대성했을 거다.

"솔직히 말하면 올가미가 제 거긴 하거든요?"

그 순간 박철수는 고꾸라졌다. 참새 형사의 '당신을

긴급체포합니다!'라는 목소리가 귓구멍에서 메아리쳤다. 진흙에 머리를 처박은 채로 박철수는 생각했다. 역시 이놈의 주둥이가 문제라고.

5

양천구 용왕산에서 여성을 살해하려던 남성이 산악회원들의 기지로 현장에서 긴급체포 되었습니다. 발견 당시 사망한 여성은 화려한 원피스를 입고 있었으며, 이를 바탕으로 보아 경찰은 용의자가 여성에게 호감을 표시하다 거절당해 우발적으로 살인을 저지르고 자살로 위장하려던 것으로 추정하고 있습니다.

아이보리 건물의 꼭대기 층인 4층엔 통유리창으로 꾸며놓은 사무실이 있었다. 그곳엔 갈색 가죽 재킷에 장갑을 낀 남자 하나와 트레이닝 복 차림에 키 대신 살로 몸집을 불린 통통한 남자가 하나가 각각 책상과 소파에 앉아 있었다. 그중 책상에 앉아 있던 가죽 재킷의 남자가 뉴스 속보를 보다 통통한 남자 쪽으로 고개를 돌렸다. 그리고 연극을 하듯 과장된 미소를 지으며 말했다.

"오랜만에 현장르포 출동이다, 민철아! 우리 손길이 필요한 남자가 나타났어."

"산호 형, 갑자기 그게 무슨 소리예요?"

"올가미남."

"네? 무슨 남이요?"

"올가미남. SNS에서 그렇게들 부르더라고."

그렇게 말하며 왕산호가 핸드폰을 내밀었다. 그가 내민 핸드폰에 여자를 죽인 올가미가 자기 거라고 말하는 바보가 하나 있었다. 민철은 이 상황이 도무지 이해되지 않았다.

"이거 뭐 패러디예요? 개그?"

"진짜, 정말로 벌어진 일. 경찰에 확인해봤어."

"바보예요? 어떤 미친놈이 이런 짓을 해요?"

"그러니까. 그러니까 우리가 도와야 한다는 거지."

왕산호가 즐거운 듯 웃었다. 그가 의자를 빙글 돌리자 민철이라 불린 남자가 한숨을 푹 내쉬었다. 원목 책상 위에는 'CEO 왕산호'라는 명패가 위풍당당하게 놓여 있었고, 명패 옆에는 구독자 100만이 넘어야 받을 수 있는 골드 버튼이 함께 자리하고 있었다. 채널 이름은 '진실 TV'였다.

진실 TV는 현재 구독자 수 400만 명에 육박하는 엄청난 인기 유튜브였다. 그 명성답게 그들은 현재 4층짜리 건물을 통째로 사무실로 쓰고 있었다. 1층은 미팅룸 겸 사원들의 복지 플레이스로, 2층은 스튜디오, 그리고 3층과 4층을 사무실로 활용했다.

그 유튜브를 이끄는 남자, 진실 TV의 주인 왕산호는 서른다섯의 탐정이었다. 그는 유튜브를 통해 자신이 풀 사건을 모집했는데, 어두운 조명 아래 얼굴을 가린 채, 이제는 그의 트레이드 마크가 된 가죽 재킷만 보이게 찍은 첫 영상은 이랬다.

안녕하십니까, 저는 탐정 왕산호입니다. 탐정이 된 지는 얼마 되지 않았지만, 사명감만은 확실합니다. 다만 일거리를 받을 네트워크가 부족해 유튜브로 도움이 필요한 분을 찾게 됐습니다. 경찰의 답답한 일 처리로 속이 터지셨던 분, 잃어버린 가족을 찾고 싶은 분, 혹은 억울하게 누명을 쓰신 분 등 사연이 있으신 분은 영상 아래 기재된 메일로 사연을 보내주십시오. 제가 최선을 다해 진실을 밝혀드리겠습니다. 사례비는 받지 않겠습니다. 추적 과정에 필요한 돈도 받지 않겠습니다. 다만 이 과정과 결과를 유튜브에 상세히 밝혀도 되는 분만 신청 부탁

드리겠습니다. 진실 TV의 시작, 여러분과 함께 합니다!

검은 배경에 얼굴은 보이지 않고 거의 글로만 이루어진 영상이라 많이 보지 않을 거라는 예상과 달리, 그 영상은 대박이 났다. 알고리즘의 축복을 받은 덕이었다. 게다가 돈을 받지 않는다는 소리에 전국 각지에서 사연을 보내왔다.

왕산호는 이 과정을 다단계처럼 풀어나갔다. 먼저 들어온 소재를 분류하는 일에 사람을 썼고, 그다음으로 분류 작업에 따라 필요한 사건 검증을 하는 데도 사람을 썼다. 사실 그가 유튜브 초반에 한 일은 사람을 불러 돈을 주는 게 다였다.

아버지가 한국 땅에 처음으로 마라탕을 전파한 사람이었으므로 돈은 발에 넘치고 찼다. 왕산호의 가족은 부모님과 남자 형제 셋으로, 그는 삼 형제 중 막내였다. 그래서 왕산호는 자유로운 삶을 살았고, 어릴 때부터 선망의 대상이던 탐정을 직업으로 택할 수 있었다. 그리고 성공했다. 아버지가 그랬듯 그 또한 주어진 환경을 잘 이용할 줄 알았다.

돈과 인맥. 이걸로 실패할 가능성은 매우 낮았다. 왕산호는 어느 정도 채널의 몸집이 커지자 사람을 쓰는 돈을 줄였다. 사건을 거를 때만 돈을 쓰고, 조사가 필요할 때는 직접 나섰다. 이런 일을 위해 뛰어다니는 탐정이 바로 나, 왕산호라는 걸 각인시키기 위함이었다. 그래야 뒷말이 나오지 않을 거라는 아버지의 조언도 있었다.

그 말은 사실이었다. 초보 탐정 왕산호의 유튜브가 기하급수적으로 커지는 걸 본 경쟁자가 몰래 다른 계정—해커를 고용해 확인했다—으로 다른 사람한테 케이스를 맡기고 자기가 해결한 것처럼 연기하는 거 아니냐는 댓글을 달았다. 하지만 왕산호는 걱정하지 않았다. 유튜브를 시작하며 만난 사람들에겐 섭섭지 않게 돈을 쥐여줬다. 인간은 자신에게 후한 돈을 쥐여준 사람을 잊지 못하는 동물이었고, 그의 예상대로 곧장 목격자라는 사람이 나타나 왕산호 탐정을 직접 만났다며 해명의 댓글을 남겼다. 나중에 그에겐 조금의 사례를 더 지불했다

"장비 챙겨. 오랜만에 경찰서 출두다. 인기 급상승 동영상, 오랜만에 정복해봐야지?"

"이미 준비 끝났습니다. 가시죠, 형님!"

두 사람은 마치 놀이동산을 가는 아이처럼 잔뜩 신난 얼굴로 자리에서 일어났다. 문을 열고 나가자 여기

저기서 '나가십니까, 다녀오십시오, 필요한 일 있으면 바로 불러주십쇼!' 등의 인사가 쏟아졌다.

* * *

"운이 좋으셨네요."

"어딜 봐서요."

박철수는 불구속 기소됐다. 원래라면 구속된 채로 조사받았어야 했지만, 왕산호가 빠르게 손을 쓴 덕에 한정된 자유를 찾았다. 경찰은 현장에서 자백을 받았다며 구속 영장을 신청했지만, 실제로 자백이 아니었던 점, 그리고 박철수가 본인은 잠만 잤을 뿐이라고 주장한 점, 아무리 힘이 좋은 남자라도 축 늘어진 인간을 혼자 끌어올리려면 손에 어떠한 흔적이 남아 있어야 하는데, 그 어떤 흔적도 남지 않은 점 등을 고려해 불구속 기소로 결정됐다. 그렇게 축 처진 어깨로 경찰서를 벗어나는 박철수를 왕산호가 자신의 검은색 밴으로 낚아챘다.

왕산호가 말을 이었다.

"밤이면 꽤 쌀쌀한데 맨몸으로 야영을 하고 살아남은 점, 올가미에 본인의 지문이 덕지덕지 남아 있음에도 불구하고 불구속 기소가 결정된 점, 마지막으론 나 왕산호를 만난 점이 운이 좋다는 겁니다."

"제가 죽었어야 해요. 도대체 왜 그 여자가 죽은 건지 아직도 이해가 안 갑니다."

"자살하는 사람 마음을 평범한 사람이 어떻게 이해하겠어요?"

그 말에 박철수가 깊은 한숨을 내쉬자 세상 처음 맡아보는 구린내가 차 안에 화악 퍼졌다. 운전을 하고 있던 김민철이 화들짝 놀라며 코를 틀어막을 만큼 지독한 냄새였다. 왕산호는 티 나지 않게 표정을 숨기며 껌을 내밀었고, 고개를 푹 숙인 채로 그 껌을 받아 든 박철수가 껍질만 다시 왕산호에게 내밀었다. 그리고 말했다.

"근데 왕산호 씨는 키가 엄청 크시네요. 머리 천장에 닿을 거 같은데. 안 불편해요?"

그 간단한 질문에 왕산호가 당황한 건 박철수가 바닥만 보고 있었기 때문이었다. 자신의 외형 같은 건 전혀 보지 않았다고 생각했는데, 이미 스캔을 다 끝낸 모양이었다. 아둔한 겉모습과 달리 생각보다 눈썰미가 있는 듯했다.

"예, 괜찮습니다. 머리가 닿진 않으니까요."

왕산호가 대답했다. 다른 질문은 없었다. 쭈왑 쭈왑. 적막한 차 안에 껌 씹는 소리만 가득 들어찼다.

그렇게 30분이 지난 뒤, 왕산호는 자신의 밴을 한적한 공원에 주차했다. 민철은 박철수의 신경에 거슬리지 않을 만큼 민첩하고 조용한 동작으로 운전석과 보조석 사이에 카메라를 설치한 뒤, 밥을 사 오겠다며 자리를 비켜줬다.

"박철수 씨는 꿈이 뭡니까?"

"예?"

"꿈이 뭐냐고요. 살아가는 데 뭐 이루고 싶은 목표나 그런 게 있을 거 아닙니까."

"굉장히 뜬금없는 질문이네요. 글쎄요, 제 꿈이라. 최근에는 죽는 거였고,"

"죽는 걸 꿈꾸기 전에는?"

박철수가 이미 단물이 빠질 대로 빠진 껌을 앞니로 잘근잘근 씹었다. 그의 의중을 알아챈 왕산호가 재빨리 껍질을 내밀자 박철수가 기다렸다는 듯 껌을 '퉤!' 뱉었다. 왕산호는 불쾌한 기색 하나 없이 웃으며 껌을 치웠다. 밝은 갈색의 머리칼이 왕산호의 사람 좋은 미소와 잘 어울렸다. 질 좋은 갈색 가죽 재킷과 멋들어진 크랙이 특징인 갈색 가죽 장갑까지도 말이다.

그에 비해 박철수는 온통 어둡고 검었다. 머리도, 안색도, 그리고 검붉은 진흙으로 뒤덮인 맨투맨까지 말이다.

"그전에는 만화가가 되는 거였지요."

그 말이 부끄러운 듯 박철수는 왼손으로 자신의 볼을 쓰다듬고, 오른손으로 창문을 긁었다. 그의 왼편에 앉아 있는 왕산호에게 자신의 표정을 숨기고 싶어 하는 의도가 다분했다. 왕산호는 억지로 그와 눈을 맞추려 하지 않고, 그가 편하게 말을 할 수 있게 기다려줬다.

"근데 그건 왜 물어보는 거예요? 저는 왜 도와주시는 거고요?"

"아, 그걸 설명 안 드렸군요. 아깐 정신이 없어서. 다시 정식으로 인사드리겠습니다. 저는 탐정 왕산호입니다. 여건이 되지 않아 억울하게 누명을 쓴 분들의 진실을 밝혀드리는 일을 하고 있습니다. 부대비용을 만들기 위해 유튜브 채널을 개설했고요."

왕산호가 명함을 내밀었다. 그 명함엔 왕산호가 해결한 사건들이 주르륵 나열돼 있었다. 그는 기대했다. 자신의 명성을 눈으로 확인한 자들이 통과의례처럼 외치는 '와 대단하시네요! 구세주시네요!'라는 말을.

하지만 박철수는 그러지 않았다. 오히려 입을 삐쭉

내밀며 뚱한 얼굴을 했다. 건방진 새끼. 왕산호는 속으로 생각했지만 겉으로는 티 내지 않고 친절한 표정을 지었다.

"저는 억울한 분들의 사연을 풀어주는 걸 가장 좋아합니다. 듣자 하니 박철수 씨의 경우 본인이 자살을 하려다 어떠한 이유로 잠이 들었고, 그래서 용의자로 몰린 거죠? 근데 그게 하필 소셜 미디어에 퍼지며 더 죽일 놈이 됐고."

"맞습니다. 그냥 잠만 자고 일어났는데, 이상한 여자가 제 올가미에 목을 매더니, 온 국민이 저를 죽이고 싶어 합니다. 형사님은 이제 세상은 당신에게 지옥일 테니 차라리 감방에 있는 게 나을 거라고 하더군요. 대체 왜 나한테 이런 일이 생긴 건지 이해가 안 가요. 전 그냥, 그냥 죽고 싶었을 뿐입니다……."

말끝이 흐려지는가 싶더니 잔주름이 가득한 박철수의 눈에서 닭똥 같은 눈물이 똑 떨어졌다. 왕산호는 그의 어깨를 꽉 한번 잡아줬다. 안아주는 게 그림이 더 예뻤을 테지만 냄새가 너무 지독했다. 말라붙은 진흙도 굳이 자신의 옷에 옮기고 싶지 않았고 말이다. 하지만 손이 닿는 것만으로 붉은 진흙 가루는 박철수의 옷에서 왕산호의 옷으로 옮겨졌다.

"다녀왔습니다!"

그때 문이 드르륵 열리며 도시락을 양손에 든 민철이 나타났다. 동시에 바깥의 시원한 공기가 기분 좋게 퍼졌고, 다음으로 식욕을 자극하는 고소한 도시락 냄새가 차 안을 가득 채웠다. 왕산호가 민철에게 눈빛을 보내자 민철이 웃으며 도시락을 박철수에게 안겨줬다.

"금강산도 식후경이라고 하지 않습니까? 배부터 채우고 이야기 나누시죠."

박철수는 아직 흙이 묻어 있는 손으로 코를 닦고 목을 다듬듯 기침을 했다. 뜨끈한 도시락에 손을 댄 그의 코가 다시 붉어졌다.

"저는 말입니다, 갈 때만이라도 폼 나게 가고 싶었어요. 근데 그것조차 안 될 줄은 정말 몰랐어요."

그리고 이 차에 탄 이후 처음으로 고개를 들어 왕산호를 정면으로 바라봤다. 안색만큼이나 새카만 눈동자가 일순 반짝였다.

"그쪽이 나타나지 않았다면 저는 정말 모든 걸 다 포기했을 겁니다."

"에이, 제가 뭘 했다고요. 세상에 쓸모없는 목숨은 없습니다. 얼른 드세요. 먹고, 천천히 이야기합시다."

"예. 저기, 근데요."

짧게 대답한 박철수가 멍한 얼굴을 했다. 그리고 말했다.

"저, 제가 쓸모없단 소리는 안 했는데요."

6

나를 쓸모없다고 칭한 유튜버는 대박이 났습니다

끝끝내 무죄 판결을 받은 박철수는 이제 만기가 다 가온 그 원룸으로 다시 돌아갔다. 서늘한 기운이 반기는 방에 들어선 그는 곧장 컴퓨터를 켜고 블로그를 만들었다. 올가미가 자기 거라고 말했는데도 무죄 판결을 받은 그의 사건은 온 국민의 관심을 받고 있었으므로, 그의 블로그는 단 한 시간 만에 방문자 10만을 달성했다. 법원은 '증거 부족'으로 무죄를 선언했고, 사람들은 박철수를 희대의 소시오패스라 불렀다.

진실 TV의 주인이 저의 무죄를 밝혀줬으니 저는 '진실'을 밝혀보려고 합니다.

블로그에 쓴 글은 딱 두 줄이었다. 나를 도와준 유튜버가 대박이 났다. 그리고 이젠 내가 진실을 밝히겠다.

박철수는 올가미 매듭법의 창시자처럼 글재주가 없었다. 그러나 박철수는 그림을 그릴 줄 알았다. 그래서 짧은 글 아래 자신이 직접 그린 만화를 곁들였다. 그 만화에는 인상 좋고 길쭉한 갈색 머리 캐릭터와 눈코입이 없는 새카맣고 작은 캐릭터, 딱 둘만 등장했다.

인상 좋은 갈색 머리의 캐릭터가 말했다.

'그 여자 사실 내가 죽였어. 그게 가난해도 얼굴은 반반했거든. 그래서 돈 들여가며 키웠더니 딴 놈을 만나겠다네? 헤어지자네? 갈 땐 가더라도 돈은 토하고 가라고 목을 좀 잡았는데, 계집애 눈이 회까닥 돌아가더니 얼굴이 파래져. 그러다 바닥으로 픽.'

갈색 머리 캐릭터는 이상하리만치 입을 쫙 벌리고 웃었다.

'이걸 어쩌나 생각하는데 당신이 내 건물에 침을 뱉고 발길질을 해. 저건 또 뭔가 싶었는데 아니, 이게 뭐야? 뒷주머니에 로프가 있네? 등산복이 아닌 일상복에 로프

라……. 내 직감이 말했어. 저놈을 따라가라.'

갈색 머리 캐릭터의 손가락이 표정이 보이지 않는 새카만 캐릭터를 가리켰다.

'그래서 가봤더니 와우! 언빌리버블! 당신이 올가미를 만드는 거야. 그것도 아주 정성스레. 난 정말 심봤다 싶었어. 동반자살로 꾸미기 딱 좋겠다 싶었지. 당신이 목을 매달고 죽는 동안 내려가서 그년을 들고 올라오면 시간이 얼추 맞을 거 같았어. 그래서 얼른 가서 시체를 업고 올라왔는데, 아니, 당신이 자고 있네? 허, 참나. 팔자도 좋아. 확 그냥 걷어찰까 하는데 빨간 운동화가 보이더라고. 내가 신고 있던 조던 시카고 1994였지. 역시 하늘은 내 편이었어.'

까만 캐릭터는 여전히 묵묵부답이었다.

'난 망설이지 않았어. 나 같이 성공하는 놈들은 중요한 순간에 빠르게 결단을 내릴 줄 알거든. 그래서 당신의 발자국을 디딤돌 삼아 괘씸한 계집애의 목을 올가미에 걸었지.'

다음 컷은 올가미에 목을 맨 여자의 모습이었다.

'솔직히 당신이 깨면 어쩌나 조마조마했는데, 낙엽이 구스 이불이라도 되는 것처럼 꿀잠을 자더라고. 나도 모르게 구경하고 있는데 그 계집애가 나를 툭 쳐. 하여튼 끝까지 추잡한 년이었다니까? 짜증 나서 얼굴을 팍 구기는데 뭔가 이상한 거야. 다시 봤더니 목이 뭐랄까 번개 모양으로 보였어. 올가미가 목을 부순 모양이야. 와- 더 신기한 건 뭔 줄 알아? 목을 부수고도 올가미에서 벗어날 방법은 없었다는 거지.'

다음 컷에서는 갈색의 캐릭터가 매서운 인상으로 변해 있었다. 눈이 관자놀이에 닿을 듯 찢겨 있었고 입 또한 그랬다. 머리는 위로 바짝 솟아 있었다.

'솔직히 난 아침이 오기 전엔 당신이 깰 줄 알았어. 근데 당신, 경찰이 올 때까지 자고 있었다며? 30년을 살았지만 당신같이 멍청한 놈은 처음 봤어. 그래서 돕기로 결심했지. 당신이 만든 올가미를 내가 쓰기도 했으니까 말이야. 우리 아버지가 그랬는데, 빚은 적당히 지는 게 좋다고 하더라고. 적당히. 아! 맞아. 사실 훔쳐보다가 부스

럭거려서 당신한테 걸릴 뻔했거든? 근데 당신이 날 못 찾더라고. 바로 코앞에 있었는데 당신의 눈은 뭐랄까? 내가 아닌 더 먼 곳을 향하고 있었어. 그래서 알았어. 내가 당신한테 의도적으로 접근해도 당신은 내 속내를 전혀 알 수 없을 거라고.'

온통 까맣기만 한 캐릭터는 듣는 건지 마는 건지 알 수 없는 자세로 또 한 컷을 차지했다.

'이게, 세상살이라는 게 사실 다 여론이야. 그리고 여론몰이에 가장 좋은 방법이 숨지 말고 나서는 거지. 무섭다고 숨어 있으면 여론은 반드시 당신의 반대편에 서게 돼 있어. 그래서 굳이 내가 나선 거야. 당신을 지켜주는 척하면 할수록, 당신을 무죄 판결받게 만들면 만들수록, 사람들은 더 확신하거든. 당신이 범인이다. 그 외의 용의자는 없다.'

거기까지 말하고 난 뒤에야 새카만 캐릭터의 머리 위에도 말풍선 하나가 떠올랐다.

'이걸 나한테 말하는 이유가 뭔가요?'

'그냥……, 뭐랄까? 재미? 스릴? 대나무 숲?'

'내가 신고하면?'

'하하하하! 뭐, 그럼 좀 골치 아파지겠지만 크게 걱정 안 해. 첫째, 경찰이 믿을 리가 만무하고 둘째, 내가 이런 일을 저지르고 당신을 가만둘 거라 생각한다면 경기도 오산이지. ……안 웃네? 이거 회심의 유머였는데. 아무튼 나한테는 천운이었지. 그 구하기 힘들다는 조던 시카고 1994를 하필 당신과 내가 똑같은 사이즈로 신었다는 거. 그리고 당신이 내 건물에 남겨둔 발자국까지. 난 정말 될 놈이었어.'

새카만 캐릭터가 자신의 발을 빤히 내려다봤다. 온통 까만 캐릭터는 빨간 신발을 신고 있었다. 그 사이 갈색 머리 캐릭터는 빙그르르 돌며 춤을 추기 시작했다. 그제야 까만 캐릭터도 느릿하게 걸음을 옮겼다.

두 캐릭터가 마주 보았을 때, 갈색의 캐릭터는 까만 캐릭터를 오만한 표정으로, 한심하다는 듯 내려다봤다. 그 순간 새카만 캐릭터가 발을 들어 갈색 캐릭터의 발을 힘껏 내리찍었다. 그러자 까만 캐릭터의 발에 있던 붉은색이 빨간 뱀으로 변해 갈색 캐릭터의 몸을 타고 오르더니 새빨간 올가미로 변했다. 그 캐릭터는 발버둥 쳤지만 목을 강하게 조이는 그 새빨간 올가미를 벗어나지 못했다. 새카만 캐릭터가 말했다.

'남의 수의는 함부로 건드리는 게 아냐.'

The end.

"후우."

처음이자 마지막이 될 글을 업로드한 뒤, 박철수는 등을 완전히 뒤로 기대 자신의 무게를 온전히 의자에 내맡겼다. 밤샘 작업에 힘들었지만 얼굴엔 미소가 가득했다. 이렇게 개운한 게 얼마 만인가 싶었다. 기지개를 쭉 켜며 천장을 바라보자 이젠 불도 들어오지 않는 형광등에 걸려 있는, 오래된 회색 후드로 만든 올가미가 보였다.

"……."

담담한 표정의 박철수가 맨발로 저벅저벅 걸었다. 망설임은 없었다. 그는 자신이 평생 그려온 많은 습작들을 모아 디딤돌을 만들었다. 그리고 고개 숙여 인사했다.

"신세 많이 졌습니다."

닳고 닳은 회색 후드 올가미. 박철수는 드디어 자신

의 분수에 맞는 올가미를 찾았다고 생각했다. 그는 망설이지 않고 단숨에 목을 매달았다. 흔들리는 시야 너머로 희미한 보라색 원피스가 보인 것 같았다. 흐려지는 의식 속에서도 그는 사과했다. 내가 만든 올가미에 당신이 희생되게 해서 미안하다고, 다른 사람을 다치게 할 의도는 없었다고도 덧붙였다. 빛을 보지 못한 그의 수많은 습작이 바닥에 어지러이 널렸다. 단단하기만 하던 세상이 사방으로 쩍 갈라졌다. 그리고 이내 칠흑 같은 어둠이 찾아왔다.

* * *

그날 밤, '용왕산 여성 살인 사건의 새로운 진실'이라는 헤드라인이 3사의 뉴스를 강타했다. 그 뉴스 속에는 얼굴을 가린 채 연행되는 왕산호가 있었다. 그는 '찍지 마. 씨발 찍지 말라고!'라며 있는 대로 성질을 부렸다. 그 아래 경찰이 중요 증거인 조던 시카고 1994를 입수했다는 자막이 크게 떴다. 미리 입수했던 올가미에서 황산호의 가죽 장갑 조각이 발견된 게 영장 발부의 근거가 됐다.

커뮤니티에는 '진실을 알리고 죽음을 택한 박철수

작가님을 응원합시다'라는 제목으로 그가 그린 만화가 첨부됐다.

그는 단숨에 스타 작가가 됐다. 그렇게 바라고 바라던 꿈을 마침내, 자신을 올가미에 밀어 넣으며 이뤄낸 거였다. 마지막으로 준비한 올가미는 엉성했으나, 그 어느 때보다도 단단하게 박철수의 꿈을 잡아줬다. 쌈박한 마지막. 거기엔 나 자신 이외에 어떤 물건도 필요 없었다.

그리고.

"쿠헥! 헉! 허억……. 헉."

"환자분! 일어나시면 안 돼요. 다시 누우세요. 얼른요! 세상에. 정신이 드세요? 여기 어딘지 알겠어요?"

"벼, 병, 켁! 원? 제가……, 어……, 허억. 어떻게……?"

"집주인분이 발견하셨대요. 천운이야, 천운! 자세한 건 나중에 들으시고 우선은 의사 선생님 부를게요."

박철수는 또 한 번 깨어났다. 집주인은 방문이 아니라 방을 빼라는 독촉을 하러 왔을 거다. 그럼에도 불구하고 그는 박철수를 살려냈다. 어느새 뜨거워진 박철수의 눈에서 닭똥 같은 눈물이 주르륵 흘러내렸다. 어두운 병원 창문 너머로 보랏빛 아카시아 나무가 살랑 살랑 흔들리고 있었다.

작가의 말

언제나 '죽음'을 생각한다. 습관처럼 죽음을 생각하다 올가미를 떠올렸다. 그날부터 한동안 내 침대 위 천장엔 올가미가 대롱대롱 매달려 있었다. 여느 때와 다름없이 그 올가미를 바라보다 마지막엔 어떤 옷을 입어야 할까? 마지막이니까 좋은 옷을 사 입어야지, 하는 생각을 했다. 그리고 웃음이 튀어나왔다. 끝의 끝에서도 눈에 보이는 무언가를 고민하는 내가 이상했다. 조금은 우습기도 했다.

질책하는 마음으로 시작한 글이 결국엔 위로로 끝났다. 몇 번이나 엔딩을 고민했지만, 희망을 주는 글을 쓰고 싶었다. 잘한 선택이라 생각한다.

올가미는 사람을 죽일 수도, 살릴 수도 있다. 숨통을 조이면 죽음에 가까워지지만, 손에 단단히 묶고 올라가면 나를 든든히 잡아주는 힘이 된다. 이 글을 뽑아주신 출판사 관계자 여러분이 내겐 그런 존재였던 것 같다. 감사하다고 전하고 싶다.

아직 부족한 나지만, 하나씩 꿈을 이뤄가고 있다. 덕분에 얻게 된 이 자리를 빌려 언제나 변함없이 나를 응원해주는 친구들과 처음부터 나를 작가로 믿고 함께해준 동료 작가님들, 독자님들, 그리고 피디님들께 진심으로 감사하단 말을 전하고 싶다.

마지막으로 언제나 최선을 다하는 모습으로 내게 아주 든든하게 기댈 언덕이 되어준 키움 히어로즈에게 감사를 표하고 싶다. 올해는 꼭 우승합시다!

이달의 장르소설

이터널

김경락

매일 코드를 들여다보는 게 지겨워 글쓰기를 시작한 개발자. 2011년 전남일보 신춘문예 소설 부문에 「피쉬테라피」, 2015년 광주일보 신춘문예 동화 부문에 「둘기의 가출」이 당선됐다. 합평 모임 '종각역 글벗들'에서 10년 넘게 운영자로 활동 중이며, 하루키처럼 외국의 조용한 호텔 로비에 앉아 커피 마시며 글을 쓰는 게 꿈이다.

"닥터 초이, 메일로 연락드린 대로 6개월 후가 영면의 날이에요. 심리검사와 영면 절차에 관해 안내해드리려고……."

정오쯤 연방보건국에서 연락이 왔다. 이터널 타워 33층에 위치한 클라우드 섹션의 내 방 창가에서 도심을 내려보고 있을 때였다. 얼마 전 꿈에 나타난 파랑새 한 마리가 지평선 저편을 날아가고 있었다. 진짜 새는 아니겠지만.

"기다려주세요. 답변서를 작성 중이니."

의도치 않게 경직된 목소리가 흘러나와 놀랐다.

"네, 그럼 이만."

보건국 담당자는 담담하게 대답하며 연결을 끊었다. 그는 연락받은 상대가 정색하는 상황에 익숙해져 있을 거다.

전화를 끊고 스크린 미러를 켰다. 미러에 비친 나는 아직 곧은 허리와 탄력이 느껴지는 구릿빛 피부를 가지고 있다. 서른을 넘기고 막 마흔에 이르기 직전의, 아직 젊다고 해도 이상하지 않은 모습. 6개월 후면 백 살이지만 여전히 젊은 외모를 가지고 있다. 거리의 젊은 이들과 다르지 않은 모습으로 연인을 만들어 사랑하고, 50대 무렵부터 시작한 스쿼시와 암벽등반을 아직까지 즐긴다. 백 살에 가까운 지금도 노인에게 흔한 어깨나 다리의 근육통, 관절통 없이 밤에는 숙면을 취한다. 말하자면 내 육체는 아직 삼십 대에 머물러 있었다.

"영면이라."

혼잣말을 내뱉는다. 이제 곧 백 살이 되면 연방의 법률에 따라 영면에 들어간다. 머릿속 기억을 디지털 데이터화시킨다지만 육체를 상실하고 디지털로 복원한 그게 정말 나일 거라곤 믿지 않는다.

뇌를 제외한 신체를 클론으로 바꿔치기한다거나 복제된 몸에 기억 데이터를 주입해 새 생명을 얻으려는 시도는 30여 년 전부터 있었지만 이론에 머물 뿐, 성공하려면 아직 많은 시간이 필요하다. 연방 또한 '이터널이오신' 주입 이외에 생명을 늘리는 행위는 금지했다. 이터널이오신은 주입된 시점부터 노화를 억제해 백 살까지 젊은 상태의 육체와 외모를 유지할 수 있게 해주는 물질이다. 이것만이 연방 정부가 승인한 유일한 혜택이며, 동시에 백 살이 되면 법에 따라 누구나 소멸의 과정을 거쳐야 한다. 나 또한 석 달 후면 영면의 시간이다.

— 소멸의 순간은 잠깐이야. 3초면 너는 디지털 파라다이스에 있을 거야. 여기서 우린 행복하단다. 너 또한 그럴 거야.

어머니가 말했다. 스크린 속의 어머니. 바이너리 데이터로 이뤄진 어머니를 정말 어머니로 여겨야 할지.

젊은 시절의 기억 속 어머니는 밤마다 아파했다. 남부럽지 않은 고위 공직자의 아내답지 않게 여기저기 통증을 호소했다. 화장이 먹히지 않은 푸석한 얼굴에는 날이 갈수록 주름이 졌다.

"나이가 들어서 그런 거야. 사람이면 피할 수 없는 거지. 언젠가 나는 이 세상에 없겠지. 너도 나이가 들 테고. 또 한쪽에선 새 생명이 태어난다. 인류는 그렇게 순환하며 살아왔단다."

교양 있는 공직자의 아내다운 고상한 말투. 어머니는 늘 연방의 일원으로 순응과 정도를 지켜야 한다고 말했다. 인간에게 주어진 분수. 그중 하나가 노화와 죽음이란 순리를 받아들이는 것도 포함일 거다.

어머니는 운이 없었다. 70세 생일을 3개월 앞두고 연방은 이터널이오신에 의해 젊음을 유지하는 걸 허용했다. 그 법안이 통과되면서 많은 사람이 젊음을 유지할 수 있었다.

이터널이오신은 피부와 근육의 탄력을 잡아 노화를 막았고, 내장의 성능을 최대로 끌어당겼다. 덕분에 인간은 웬만한 병으론 죽지 않았다. 그러나 이미 70세인 노인의 외모가 젊은 시절로 돌아갈 순 없었다.

다행히 나는 30대를 넘기기 전 약물을 주입받아 젊은 외모를 유지할 수 있었다. 그날을 기점으로 연방 시민들은 노화를 정복했다. 연방은 그날을 '리바이벌 데이'라 부르며 기념했다.

이터널이오신에 의한 젊음은 연방 시민의 권리였으나 의무는 아니었다. 게다가 권리를 누린 자는 백 살의 생일에 소멸돼 디지털 공간에서 영면을 취해야 하는 의무가 주어졌다. 젊음을 누린 대가였다. 적어도 시스템이 도입될 당시엔 그 누구도 문제 삼지 않았다. 그저 백 살이란 긴 수명을 누리는 동안 신체의 고통 없이 지낼 수 있다는 것에 감사할 뿐이었다.

심리검사는 작성한 답변을 토대로 내일부터 사흘에 한 번씩 시행한다고 했다. 그리고 마지막 달엔 매일 영면복지사와 면담을 가져야 했다. 디지털 파라다이스에서 새로운 삶을 얻는다는 희망과 함께 생물적 육체를 소멸시키는 과정에서 나타날 스트레스 징후를 관리하기 위해서라고 했다. 물론 곧이곧대로 믿진 않는다. 혹시 모를 탈주나 일탈을 막기 위해서란 걸 알고 있다. 이터널이오신을 주입받은 첫 세대가 연방을 탈주하는 일이 벌어지면서 연방은 골치 아파하고 있었다. 화성 어느 곳에 탈주한 이들의 공간이 있다는 건 공공연한 비밀이었다. 화성 이주선을 탈 수 있게 알선해주는 브로커도 생겨나고 있었다.

탈주.

문득 그 단어가 머릿속에 떠오른다. 맞이할 소멸이 두렵긴 하지만 백 살 가까이 살아왔는데 무슨 미련이 남았다고.

적어도 지금보다 젊을 땐 그렇게 생각해왔다. 하지만 막상 소멸의 시간이 다가오니 두려운 건 어쩔 수 없다. 이전 같지는 않지만 나는 아직도 뛰고, 매달리고, 헤엄칠 수 있다.

타워 저편의 경치를 바라보며 머릿속으로 장례식에 찾아올 사람들 목록을 작성했다. 보건국은 디지털 파라다이스로 이주하는 축하연이라고 하지만 육체가 사라지기 전 치르는 의식이니 장례식과 다를 바 없다. 모인 사람은 다들 들뜬 기분으로 이주를 축하하지만 실은 연방에 의해 강제된 죽음이란 걸 모르지 않을 거다.

나는 거울에 비친, 여전히 젊은 내 얼굴을 물끄러미 바라본다. 영면에 이르기 전 간단하게 자서전이라도 집필해두는 게 나을지도 모른다. 여러 가지 생각이 한꺼번에 쏟아져 머리가 혼란스럽다.

그 순간 또다시 창밖으로 파랑새 한 마리가 시야를 스쳐 날아가는 게 보였다. 파란 잔상을 따라 새가 날아간 곳을 바라봤을 때 그것이 환영임을 알았다.

— 연방 정부가 탈주자들의 행방을 모르지는 않을 거예요. 다만 그들의 존재가 연방에 별 위협이 되지 않으니 쉬쉬하는 거겠죠.

— 그렇다고 해도 연방이 추구하는 질서 체계가 무너지는 건 문제겠죠.

— 그런 식으로 다들 마지막 순간에 연방법을 어기고 탈주한다면 그 누구도 시민의 의무를 다하려 하지 않을 거예요.

다크웹에선 오늘도 탈주자에 대한 의견이 분분했다. 하나 된 연방으로 전 세계가 통합된 지도 100년이 지났다. 연방이 유지될 수 있는 건 강력한 법에 따라 시스템이 유지됐기 때문이다.

— 나는 약물을 주입받지 않았어요. 노인이 된 내 모습을 그대로 받아들여요. 만족하냐고요? 만족이란 없어요.

후회하지 않을 뿐이죠. 자연에서 왔고 자연으로 돌아갈 나를 받아들이는 거예요.

또 다른 누군가가 말했다. 자연주의자 단체에 속한 사람일지도 모른다. 한때 이터널이오신을 거부하는 움직임도 있었다. 물론 뒤늦게 약물 주입을 받으며 후회하는 경우가 더 많다는 통계도 있었지만.

— 대단하네요. 그럼 디지털 파라다이스에도 가지 않을 건가요?

— 네, 소멸이란 의식도 받아들이지 않을 거예요. 조장이나 풍장을 원해요. 연방이 허락한다면.

디지털 파라다이스에 가지 않을 권리는 이터널이오신을 맞지 않은 사람에게만 주어졌다. 그게 옳은 선택인지는 알 수 없지만 다크웹에서는 오늘도 갑론을박이 이어진다. 다크웹은 연방 정보국에서도 관여할 수 없는 공간이라지만 정말 그런지는 알 수 없다. 연방의 질서에 큰 위협이 되지 않을 때까진 정부에서 일일이 제재하진 않는 게 불문율이기도 했다.

"디지털 파라다이스의 삶이 진짜인지는 여러 의견이 있지만 연방은 그게 시민 모두에게 행복을 준다는 걸 믿어 의심치 않아요."

영면복지사가 말했다. 상담이 시작된 첫날이었다.

나는 그녀의 말에 긍정도, 부정도 하지 않았다. 실체가 뭐든 영면을 앞둔 사람이 행복하다고 믿게 만든다니 정부로선 나쁘지 않을 거다. 연방법에 젊음을 누린 자는 디지털 공간에서 영원히 살며 살아생전의 지식과 기술을 유지해 후대에 도움을 주는 게 의무라고 적혀 있지만, 실은 폭발적인 초고령층의 확대를 막기 위한 제한 조치라는 건 누구나 알고 있다. 어쨌든 생전의 지식과 기술을 디지털화하여 유지하는 건 사실이다.

"참, 자서전은 쓰고 계세요?"

복잡한 생각에 빠진 걸 눈치챘는지 영면복지사가 말했다.

"자서전요?"

"네, 영면 준비에 도움이 될 거 같아서요."

"의무사항인가요?"

"그건 아니지만 원하시면 전문가 자문부터 발행까지 모두 지원해 드릴 수 있어요."

"내킬 때 해볼게요."

나는 건성으로 대답했다. 영면복지사는 안도하는 듯했다. 사흘 전에도 또 한 무리의 영면 대상자들이 화성으로 탈주했다는 소문이 들려왔다. 화성은 연방의 영향력이 완전히 닿지 않는 곳이다. 정부로선 이런 균열이 내키지 않겠지만 특별한 조처는 없었다. 외모와 달리 어차피 에너지도 기억력도 한계에 다다른, 백 살을 넘긴 자들이 연방을 탈주한들 무슨 의미가 있을까. 약물에 의해 수명을 극한까지 끌어올렸을 뿐 어차피 20~30년 안에 결국 받아들여야 할 죽음일 텐데. 하지만 계속 그대로 뒀다가는 작은 균열이 큰 화를 불러온다는 걸 정부도 모르진 않겠지.

— 소멸이 두려우신가요? 육체를 간직한 채 진정한 낙원으로 떠나고 싶지 않으세요?

오전에 발신전용 광고 전단이 한 통 들어와 있었다. 재작년부터 한 번씩 들어오던 광고성 전단이었다. 백 살을 앞둔 사람의 신상정보를 입수해 무작위로 보내는 전단일 거다. 브로커들은 소멸을 두려워하는 인간의 본능이 돈이 된다는 걸 알고 기막히게 빈틈을 파고들었다. 어떻게 빼돌리는지 탈주 후에도 이터널이오신을 맞을 수 있다고 했다. 물론 이전과는 비교할 수 없는 많은 비용을 치러야 하지만.

사흘에 한 통씩 오는 브로커의 광고성 전단은 아무리 차단해도 끝이 없었다. 소문엔 고가 저택 한 채 값이면 영면 없이 모든 과정을 처리해주고 화성 이주 후 5년 정도는 생활도 보장해 준다고 하지만, 그럴만한 돈도 없고 생에 대한 미련도 없다. 소멸 후 굳이 디지털 파라다이스에 가야 하는지도 여전히 의문이다. 영면을 6개월 앞두고 의미 없는 무료한 날들이 나를 조금 긴장하게 할 뿐이다. 초조함을 달래고자 영면복지사의 말대로 틈틈이 자서전을 쓰려고 이전에 쓴 일기를 꺼내 정리하기도 했다.

나는 생명공학을 전공했다. 30살 무렵 연구실에서 아내를 만나 결혼했고 딸아이도 낳았다. 아이에겐 유이라는 이름을 붙였다. 유이는 일곱 살에 사고로 죽었다. 그 일로 정신이 피폐해진 아내는 3년 후 스스로 삶을 마감했다. 아내와 아이의 시신은 간소한 장례 절차 후 보건국에서 가져갔다. 그즈음 연방은 디지털 파라다이스 프로젝트를 위해 갓 죽은 이의 뇌파 자극 실험을 하고 있었다. 더 나은 세상을 만들기 위해 협조하라는 말을 받아들여야 했다.

그 후 나는 사랑이란 감정을 배척했다. 그건 영원하지 않다. 아내와 딸이 죽은 것처럼. 영원하지 않은 것에 마음을 두는 건 자신을 해치는 일이다.

지금처럼 뇌 데이터를 디지털화시켜 죽은 아내를 산

것처럼 꾸민다고 해도 나는 아내가 행복할 거라 믿지 않는다. 인간의 기술이 늘 행복만을 줄 순 없다. 그런 경우가 있다고 해도 일부에 불과할 뿐이다.

이터널이오신이 합법화돼 평생 젊음을 유지할 수 있게 되면서 나는 많은 사람을 만났고 정신줄을 놓지 않을 만큼만 상대의 육체를 사랑하고 즐겼다. 딱 거기까지였다. 상대의 마음을 지배하고 싶거나 지배당할 것처럼 느껴지면 곧 그들을 떠났다. 내가 가면을 쓴 것처럼 그들도 가면을 썼다. 그들이 누구인지 실제 나이가 어떤지도 알 수 없었다. 30대나 90대나 겉으로는 똑같이 젊은 얼굴을 하고 있었다. 나이가 인간의 삶을 제약할 수 없으니 때론 그것도 괜찮았다.

간혹 연방 곳곳에서 사랑하는 사람이 소멸되거나 사라지는 일이 벌어졌다. 당장 3개월 후 영면할 사람도 자신의 상황을 숨기고 사랑에 몰입했다. 누구도 인간이 사랑할 권리를 비난할 순 없었다. 상대에게 다소간의 혼란을 줄 뿐, 그 자체가 문제는 아니었다. 상대가 사라지면 다른 이를 만나 원 없이 사랑하고 즐기면 된다. 백 살이라는 연방이 정해준 시간까지는 말이다.

— 이제 곧 자네도 이곳으로 오겠군.

잭슨 박사가 말했다. 이터널 잭슨이란 별명으로 불

린 그다. 노화를 막는 이터널이오신 이론을 확장하여 연방 시민에게 행복을 줬다고 칭송받는 나의 스승.

— 나는 자네를 눈여겨봤네. 자네에게 닥친 불행이 연방 시민에게 이터널이오신을 보급하게 하는 데 박차를 가하게 했지. 자네에겐 미안하지만 연방 시민에겐 축복이라 믿었네.

말끝이 흐려졌다. 지금은 후회한다는 건가? 이미 디지털 데이터로만 남은 그는 가끔 실제 하는 사람처럼 말한다. 디지털 데이터도 영혼이 있는지 알 수 없지만, 그의 뇌에서 복사된 데이터는 그렇게 말하고 있다.

이터널이오신. 멈춰버린 성장 세포를 다시 열어 재생력을 끌어올리는 그 약물은 내장의 성능을 향상시키고 병을 일으키는 세포의 성장을 차단하지만, 어디까지나 신체 능력을 한도까지 끌어올릴 뿐 영원한 생명에 이르게 할 수는 없다. 확실한 임상 결과는 없지만 백 살을 넘기면 다양한 부작용을 일으키기에 한계는 백이십 살 정도로 추정할 뿐이다. 게다가 약의 효과가 한 달 정도밖에 지속되지 않아 복용을 시작하는 순간부터 평생 보건국에서 약을 받아야 한다. 중간에 약을 끊으면 여러 부작용이 일어났다. 연방은 그 과정에서 사상 검증을 통해 연방에 해롭다 판단되는 자는 제외했다. 반연방주의자를 솎아낼 합법적인 수단이기도 했다.

— 죽은 가족이 어떻게 됐는지 알고 싶어요?

처음 그 메일을 받은 건 1년 전 어느 날이었다. 아침에 시스템에 한 통의 전자메일이 와 있었다. 발신인은 'unknown'이었다. 나는 시스템 에러를 의심했다. 발신자 데이터가 없다니. 내가 아는 한 발신인 불명의 메일은 시스템에서 애초에 허가하지 않았다.

일주일 후 다시 메일이 왔다.

— 죽은 당신 가족은 다른 존재로 살고 있어요. 연방의 실험으로 겨우 세포의 생명만 유지한 채.

나를 놀리는 걸까? 그럴 리가. 이미 죽은 잭슨 박사와 몇 명의 지인을 제외하면 이젠 그 일을 아는 사람도 없다. 안다고 해도 이미 60년도 더 지났기에 그 누구도 그 일에 관심 없을 거다.

그 후 한동안 아무 연락이 없었다. 처음엔 며칠에 한 번씩 오던 브로커의 스팸메일 중 하나라고 생각했다. 그러던 중 오늘 아침 또다시 메일이 왔다.

— 이제 6개월이면 당신의 세계도 사라지겠군요. 이곳으로 와서 우리를 도와줘요. 잭슨 박사가 망가뜨린 세상을 회복할 수 있게 힘을 보태줘요.

상대는 지금 나를 시험하고 있는 거다. 첫 번째 메일을 보안국에 신고하지 않은 걸 알고 간간이 말을 걸며 시험하고 있다.

죽은 아내와 아이의 시신이 어떻게 됐는지는 누구보다 잘 알고 있다. 죽지도 살지도 않은 채 전기 반응에 의한 실험체로 이용되다 가치를 상실해 소각됐다. 연방은 그런 실험체의 희생이 있었기에 이터널이오신과 디지털 파라다이스가 탄생할 수 있었고, 부작용을 방지할 수 있었다고 선전했다. 그렇게 많은 이들이 사망한 가족의 시신을 내어줬다. 관련해 윤리적 문제가 제기되기도 했지만, 연방은 다양한 논리로 문제를 해결했고, 얼마 지나지 않아 논란은 사라졌다.

— 곧 당신의 육체도 소멸되겠죠. 두렵나요? 이게 마지막 메일이에요. 옳은 선택을 하길 기대해요.

그 말대로 이번이 마지막 기회다. 메일의 끝에는 일주일 후 연방 경계선 가장 외곽에 자리한 클리프 요새 48-3-5 게이트로 오라고 적혀 있었다.

나는 메일에 적힌 소멸이란 단어를 오랫동안 바라봤다.

소멸…….

정부에선 영면이라 이름 붙이지만 뇌의 데이터를 디

지털화시켜 복제한 후 아직 의식이 돌아오지 않은 상태에서 소멸의 순간을 맞아야 한다. 3.14초 정도 빛을 쬐면 존재는 소멸해 흔적도 없이 사라진다. 감각을 무너뜨리는 약을 주입받기에 고통 또한 느낄 수 없다. 다만 1.07초쯤 극도의 고통에 의해 깨어나 몸이 사라지는 걸 느끼거나 몸이 타는 걸 직접 보는 경우도 있다고 한다. 아주 간혹 고통으로 의식을 되찾은 경우다. 하지만 그 또한 3초면 끝나 없어질 마지막 기억이다.

머릿속이 복잡하다. 커피를 한잔 마신 후 장례에 초대할 사람들을 정리했다. 일주일 전부터 최소한의 식사만을 하고 있다. 이제는 사라질 몸이다. 삶에 대한 미련은……. 미련은 있을지도 모르겠다. 하지만 내게 주어진 시간은 없다.

관계를 맺고 지낸 사람의 리스트를 스크린에 띄어봤다. 내겐 자녀가 없으니 진정으로 슬퍼해줄 사람이 얼마나 될지 알 수 없다. 스쳐 간 여자들을 부르고 싶지는 않다. 30년 넘게 직장 동료로 지낸 리차드 파크, 미스터 챵. 이 둘을 유산 상속자와 더불어 영면 후 보호자로 지정했다. 그들이 살아 있는 한 디지털 데이터화된 나와 간간이 만날 거다. 장례식 겸 이주 환송회 또

한 성대할 필요가 없다. 아직 젊거나 순진한 사람들은 정말 디지털 파라다이스로 이주한다고 믿을지도 모른다. 물론 실상은 나도 모를 일이다.

내 연구는 은사님을 도와 이터널이오신의 부작용을 억제하고 보급을 돕는 것뿐이었다. 비록 윤리적 부조리가 조금……. 아니, 많이 있긴 했다. 지금은 모두 은닉되거나 삭제됐다니 정말 그럴 거라 믿을 뿐이다. 마지막 순간까지 건강하고 고통 없는 삶을 살고픈 인간의 욕망을 판단할 순 없다. 어차피 선택이다. 신체의 문제로 고통받은 내 어머니. 다른 누군가가 그와 비슷한 일로 고통받지 않길 바랐을 뿐이다. 사고로 죽은 아이와 스스로 삶을 마친 아내. 그들은 비록 불행하게 떠났지만 그들의 헌신을 통해 누군가는 행복해질 거라 믿었다. 그런 세상을 위해 인간의 생명을 연구하는 것까지가 내 역할이었다고 믿었다.

* * *

일주일 후 클리프 요새에서 그들을 만났다. 48-3-5 게이트는 이미 폐허가 된 건물의 지하였다. 믿을 수 있는 자들인지 검증할 방법은 없지만 떠나기로 마음먹었다. 되돌릴 수 없는 길이란 걸 알면서도 나는 이주선에 몸을 실었다.

몇 주 후 나는 캡슐에서 깨어났다.

"정신이 드세요?"

여자의 목소리가 들렸다.

"화성이에요. 지구에서 사라진 자들의 공간이죠."

여자가 말을 이었다.

"화성……."

나는 어떤 대답도 할 수 없었다. 눈을 떠보니 어느 순간 탈주자가 돼 있었다. 과정을 떠나 클리프 요새까지 간 건 내 의지였으니 누구를 탓할 수도 없었다. 연방에선 이 사실을 비밀에 부쳤는지는 알 수 없다. 알려진 생명 과학자의 탈주라.

여자가 안내해준 방으로 옮겨져 휴식을 취했다. 사방이 하얗고 돔처럼 천정이 높은 방에 혼자 남겨졌다. 방 밖에서 나를 관찰하거나 감시하고 있을 거다. 내가 저들을 의심하듯 저들 또한 나를 검증할 시간이 필요하겠지.

나는 모든 게 무력화된 채 그저 누워 있었다. 여러 생각이 머릿속을 지배했다. 마지막에 이르러 내가 왜 연방을 탈주했는지는 나 자신도 완전히 이해할 수는 없는 일이다. 다만 한 가지 사실만이 뇌리를 떠나지 않았다.

이터널 잭슨, 이터널이오신을 연구하고 도입한 나의 스승.

그 시스템을 도입한 건 은사인 그였지만 그는 시스템을 이용하지 않고 자연스러운 노화를 받아들였다. 그때 이미 60세를 넘긴 그는 이미 세상의 모든 영광을 맛봤기에 이터널이오신을 주입받지 않겠다고 했다. 다만 연방과 시민의 행복을 위해 시스템 도입에 앞장서는 거라고 했다. 나는 그게 그의 진심이라 믿었지만 연방의 명령에 따르지 않을 수 없는 위치란 것도 알고 있었다. 그는 아마 어느 정도 압박을 받았을 거다.

그런데 나를 이곳에 오게 한 자들은 이미 세상에 없는 이터널 잭슨과 내 가족이 여기에 있다고 했다. 그 믿을 수 없는 말을 빌미 삼아 탈주를 결심했다.

"당신에 대한 검증이 끝났어요. 이제 더는 당신을 주시하지 않을 거예요."

사흘간 방에 갇혀 지낸 나는 하얀 방 밖으로 내보내졌다. 이터널이오신에 대한 기밀 데이터를 넘긴 다음 날이었다. 검증이 진행되는 동안 손등에 이식해놓은 이터널이오신의 핵심 원리와 제조법이 담긴 칩을 꺼내 넘겨줬다. 애초에 그들이 접근한 이유 또한 그것일 거라 눈치채고 준비해뒀다.

검증이 끝난 후 밖으로 나오자 화성의 도시가 한눈에 들어왔다. 멀리 붉은 사막이 보였지만 유리 돔으로 된 도시는 안전했다. 거대하고 높은 유리 천장이 있는 이곳은 화성의 한 숨겨진 도시였다. 연방에서 이탈한 이들이 화성에 자신들의 공동체를 만들었다는 말을 들은 적이 있다. 수년 전부터 지구로부터 독립하려는 움직임을 보이는 화성은 연방법이 닫지 않아 반체제 인사라도 쉽게 수색할 수 없다. 화성에 숨어든 탈주자를 찾아내도 쉽게 지구로 데려올 수 없기에 이곳을 선택한 거다.

밖으로 나온 후 나는 자유로운 생활을 즐겼다. 공동체 내에 무상으로 머물 집도 받았다. 탈주자 시티를 벗어나지 않는 한 특별한 제약 없이 움직일 수 있었다.

캡슐에서 깨어났을 때부터 나를 안내한 엘 리의 도움으로 이곳 생활에 적응해갔다.

여기에 있으며 알게 된 놀라운 사실 한 가지는 내가 알고 있던 저명한 인사들도 이곳에 와 있다는 거였다. 유명 연예인과 기업인, 정치가. 며칠 머무는 동안 몇몇은 직접 보기도 했다. 많은 이들이 화성에 흩어져 있다고 했다. 연방 정부는 그들이 탈주한 사실을 알지만 비밀로 붙여 밝히지 않았다. 공식적으론 이미 영면에 든 자들이기에 탈주해 화성에서 살아가는 것이 연방에 큰 해가 되지는 않을 거다. 문제는 이렇게 시작한 균열이 모여 연방을 파괴한다는 것뿐이었다.

간간이 지구에서의 삶이 생각났지만 화성에서의 삶도 그런대로 괜찮았다. 지구에서의 내 영향력과 이터널이오신에 대한 지식 덕분에 탈주자 공동체에서 나를 대하는 태도도 나쁘지 않았다. 내 안내자로 배정된 엘리가 감시자를 겸하고 있는 걸 알았지만 그게 큰 문제는 되지 않았다.

자유가 주어진 지 정확히 3개월 후, 나는 백 번째 생일을 맞았다. 일정대로라면 영면의 날이 됐을 그날을 기준으로 나는 탈주자 공동체의 시티에서 벗어나 화성 어디에서도 정착해 살 수 있는 권리를 받았다. 화성의 척박한 지대에 형성된, 유리 돔조차 없는 타운에서 우주복을 입은 채 개척민과 함께 사는 것도 가능했다. 그들은 내게 연방에서 누릴 수 없는 자유로운 삶과 죽음을 허락한다고 했다. 다만 한 가지 조건을 제시했다. 자유를 주는 대가로 내 이용 가치를 유지해야 한다는 조건이었다.

"구체적으로 원하는 게 뭐죠?"

"당신이 이미 저희에게 준 그것이죠."

"이터널이오신에 대한 자료?"

내가 묻자 여자는 고개를 끄덕였다.

그들은 이터널이오신을 자체 생산할 계획을 세우고 있었다. 나는 유리 돔 시티를 떠나 거친 땅으로 옮기기로 했다. 그곳이라면 그들의 관심에서 멀어질 수 있다고 판단했다.

떠나는 날 엘 리는 나를 웃으며 전송했지만 엘 리 뒤에 숨은 자들의 실체는 끝내 확인할 수 없었다. 이미 여러 번 이터널이오신을 지급받아 복용했기에 감사를 표하면서도 실상 그들을 완전히 떠나 살 수 없다는 걸 느꼈다.

화성의 개척도시는 척박했다.

연방 휘하의 지구와는 비교도 되지 않을 만큼 부족한 인프라와 위생시설에 경악을 금치 못했다. 가도 가도 끝없는 암석 지대. 유리 돔으로 둘러싸인 시티를 벗어나면 열과 방사능을 겨우 막아주는 조악한 우주복에 의지하여 간신히 살아갈 수 있었다. 50년 전 초기 화성 이주 당시의 열악한 시설로 겨우 명맥만 유지되는 마을에는 온통 노인만이 가득했다. 이터널이오신을 복용하지 못한 사람들은 급격하게 몸이 노화돼 갔다.

"당신은 왜 이곳에 왔죠?"

페기가 내게 물었다. 자유를 얻은 후 처음 머문, 에어리어 44란 넘버가 붙은 마을에서 만난 여자였다. 2년 전 이곳에 왔다는 페기는 노화가 시작되고 있었다.

"자연의 섭리에 따라 산다고 생각했지만 마지막 순간 생에 대한 갈망이 생겼나보죠."

나는 시니컬하게 대답했다. 나를 쳐다보던 그녀는 피식 웃었다.

"왜 웃죠?"

"에둘러 말하는 게 웃겨서요. 당신은 이용 가치가 있었을 거예요. 이곳 에어리어 44구역까지 밀려온 사람들도 지구에서는 나름의 지위와 재산을 가지고 있었죠."

"그럼 다른 곳은요?"

"다른 곳도 특별히 다르지 않아요. 화성 자체가 아직은 실험적인 공간이죠. 어쩌면 이곳에서의 모든 일은 데이터화돼 모두 연방에 보고될지도 몰라요. 일종의 인간 실험이죠."

페기는 간드러지게 웃었다. 어떤 목적이 있어 나를 데려왔다는 그녀의 말이 사실인지 그녀가 상상해서 말하는지 알 수 없지만 그럴지도 모른다고 생각했다.

다음날 페기는 내게 다른 지역들을 안내해주겠다고 했다. 나는 그녀의 차를 타고 화성의 여러 지역을 여행했다. 무중력 자동차는 모래바람을 일으키며 화성 표면을 움직였다. 그녀와 간 곳은 몇몇 에어리어를 제외하고 온통 노인뿐이었다. 그중 몇몇은 신체가 틀어지거나 얼굴이 끔찍하게 허물어져 있었다. 생기라곤 찾아볼 수 없었다.

"당신처럼 이용 가치가 있는 사람은 이곳에서도 특별대우를 받지만, 브로커에게 돈을 주고 온 이들 중 이터널이오신을 살 수 없는 사람은 비참해지죠."

페기는 내게 탈주 이주민의 처참한 모습을 보여줬다. 지구에선 무상으로 지급되던 이터널이오신이 이곳에선 노동자의 한 달 월급 정도 가격에 판매되고 있었다. 지구에서 빼돌린 약이었다. 설상가상으로 백 살을 넘겨 약효가 떨어지는 이들은 한 달에 한 번이 아닌, 그 절반이나 그보다 짧은 기간마다 약을 복용해야 했다.

"백 살을 앞두고 온 이들은 짧게는 몇 년에서 길게는 20~30년 정도 삶을 유지하다 생을 마감하겠지만, 상당수가 극심한 우울증에 빠져 그전에 스스로 생을 끝내요. 약으로 버텨오던 몸이 급격한 체력 저하로 틀어지는 고통도 고통이지만, 무엇보다 거울 속에 비친 자신의 모습을 받아들이지 못하기 때문이죠."

페기가 말한 내용을 나는 알고 있었다. 연방에서는 쉬쉬하지만 지구에서도 많은 친구들이 스스로 생을 마감했다. 연방은 철저한 통제로 그 사실을 숨긴 채 그들이 디지털 파라다이스에서 영면하고 있다고 했다. 탈주에 실패한 이들은 연방에 의해 사상범으로 몰려 합법을 가장해 살해당하기도 했다. 어쩌면 나는 그 모든 걸 알면서도 방관해왔는지도 모른다.

머릿속에 여러 생각들이 떠올라 어지러웠다. 무엇보다 전부터 의심하던 디지털 파라다이스의 실체를 알게 되면서 나는 걷잡을 수 없는 혼란에 빠졌다.

"그건 단지 살아생전의 데이터를 재구성한 AI에 불과해요. 생전의 데이터를 토대로 흉내 내는 건 어렵지 않을 테니까요. 무엇보다 영원한 안식이란 미끼로도 손색이 없겠죠. 연방 체제에 대항하지 않는 한 영생을 누릴 수 있다고 생각할 테니."

내게 그걸 알려준 자는 디지털 파라다이스를 운영하던 전직 보안국 소속의 엔지니어였다.

그제야 모든 게 잘못됐음을 알았다. 나는 연방의 모순을 알았지만 항거하지 못했고, 죽어야 하는 순간이 와서야 자유의 투사인양 스스로 합리화하며 연방을 떠났다.

무엇보다 이곳에 있을 거란 가족에 대한 기대가 나를 무너뜨렸다. 그들은 나를 이용하고자 마치 가족이 되살아나 여기에 있는 것처럼 철저하게 속인 거였다. 이미 죽음을 확인한 상태에서 나는 무얼 바랐던 걸까.

서서히 정신이 무너져갔다. 밤마다 수면제가 없으면 잘 수 없었다. 육체가 무너져 내리는 걸 약으로 연명했다. 화성으로 이탈해온 사람 중 약을 구하지 못해 육체가 파괴된 이들처럼 언젠가 나 또한 극심한 고통 속에서 죽을지 모른다는 공포가 엄습했다.

하루하루가 갈수록 더 많은 약이 필요했고, 그 기간이 짧아졌다. 이곳은 공동체의 유지를 핑계로 이터널이오신과 유사한 약을 제조해 화성 내 퍼진 탈주자 시티에 공급하려 했지만, 조악한 약의 부작용은 그들의 뼈와 근육을 뒤틀게 했고 오히려 극심한 고통을 일으켰다.

나는 몇 번이나 이곳에서 도망가고 싶었지만, 이터널이오신을 공급받지 못하면 점점 본래의 나이로 돌아와 고통 속에서 죽고 만다는 걸 너무나 잘 알고 있었다. 현실을 받아들여야 했다. 나는 지구에서 밀반입한 정품 이터널이오신을 받기 위해 끝없이 다른 걸 희생했다. 탈주자 공동체에서 연락이 올 때면 그들의 요구에 따라 이터널이오신에 관한 정보를 제공했다. 때론 나 자신조차 확신하지 못하는 사실까지 말하는 나를 발견했다. 이터널이오신은 많은 학자들의 연구에 의해 탄생된 결과라지만 그보다 더 많은 이들의 주검에서 뽑아낸 결과물이었다.

결국 나는 약을 공급받기 위해 탈주자 공동체에 찾아가 이터널이오신 생산에 참여하겠다는 의사를 밝혔다. 어느 순간 나는 그 약의 노예가 됐고, 그것에 대한 두려움이 나를 삼키고 있었다. 그것은 시체로 만든 악의 즙처럼 나를……, 아니 인간을 옭아 매고 있었던 거다.

* * *

정신을 차렸을 때 화면보호 모드로 전환된 스크린은 아름다운 문양을 출력해내고 있었다. 파란 잔상……. 한동안 보아왔던 파랑새가 지나간 듯한 흔적.

정리하다 만 지인 리스트가 스크린에 다시 불려진

다. 모니터 한쪽에선 쓰다 만 자서전 파일 위로 마우스 커서가 깜빡이고 있다.

모든 게 꿈이었다. 불안감에 소파에 앉아 창밖을 바라보다 잠이 든 거다.

'너무나 생생한 꿈이었어.'

수신된 이메일을 열어 확인해도 클리프 요새 48-3-5 게이트란 글자는 어디에도 없었다. 영면이 아닌 영원한 생명을 얻을 수 있는 곳으로 오라는 그저 흔한 스팸메일이 와 있었다. 이미 많은 사람들이 돈을 입금해 전 재산을 잃었다는 피싱 메일이었다.

창가로 다가가 창밖으로 보이는 지상을 응시했다. 그때, 멀리 대지 가까이 몸을 낮춰 날아가는 파랑새를 본 것 같다. 파랑새는 땅 위를 천천히 날고 있다. 시간은 0시, 내린 비가 대지를 적시고 있었다.

그날부터 나는 준비하던 자서전을 쓰기 시작했다. 어린 시절의 기억과 아내, 아이와의 기억. 그리고 그들이 떠난 후 삶의 의미를 잃은 채 미친 듯이 쾌락에 빠져들던 순간. 하지만 쾌락은 허무한 기억만을 남겼고, 남은 건 약에 의존해오던 몸뿐이라는 걸 뒤늦게 깨달았다. 나는 며칠간 식음을 전폐하며 내 삶의 기억을 낱

낱이 적었다.

생명공학을 연구하던 이터널 잭슨의 연구실에서 아내를 만났고 이듬해 결혼해 아이를 낳았다.

아름다웠던 아내와 아이가 계속 살아 있었다면 이터널이오신을 맞았을까? 나는 늙어가는 아내의 모습도 사랑할 수 있었을까? 아내였다면 여전히 나를 사랑했을지도 모른다. 아니, 분명 나 또한 그랬을 거다. 아내와 아이에 대한 사랑이 단지 겉모습에 대한 사랑은 아니었다. 어머니에 대한 사랑 또한 그랬다. 내가 사랑한 건 아내, 아이, 어머니. 존재 그 자체였을 텐데.

이터널 잭슨. 이터널이오신의 아버지라 불리는 그는 자연스러운 노화를 택했다. 그는 알고 있었을 거다. 인간이 거스른 자연은 그만큼 대가를 요구한다는 걸.

화성이란 꿈속 공간에서의 일을 떠올리면 그가 받아야 했던 연방의 압력이 어느 정도였는지 알 것 같았다. 어쩌면 그는 마지막 순간까지 괴로워했을지도 모른다.

다음 날 이터널 잭슨을 찾아갔다. 디지털 데이터가 된 그를 앞에 두고 오랫동안 쳐다봤다.

— 자네도 이곳을 좋아할 거야. 세계가 하나의 연방으로 통합된 건 인류의 축복이지.

말이 없는 내게 그는 주입된 데이터를 출력하는 로

봇처럼 같은 말만 되풀이하고 있었다. 이터널이오신이 만들어낸 어마어마한 미래에 대해서. 연방의 뜻을 학습받아 대변해주듯 홀로그램 영상 속 그는 어떤 물음에도 겉도는 말만을 쏟아냈다. 마치 영상 속 내 어머니처럼.

다음날 보건국 담당자에게 연락했다.

"이제 그만해도 될 거 같아요. 남은 기간 동안 약을 먹지 않겠어요."

"네? 영면까지 이제 겨우 다섯 달 남은걸요."

당황한 표정을 애써 감추며 보건국 담당자가 담담한 어투로 말했다.

"왜 그러는지 말해줄래요? 한 달 이상 약을 먹지 않으면 육체가 견디지 못할 거예요."

표정을 읽지는 못했지만 그는 곤란한 상황인 듯했다. 담당자는 인제 와서 왜 그러는지 모르겠다고 말하며 다소 어색한 미소를 지었다. 내게는 그 미소가 비웃는 듯한 미소로도 보였다.

그래, 우습겠지. 이제 겨우 소각을 6개월 앞두고 무슨 대단한 진리를 깨우친 양 행동하니. 하지만 적어도 마지막 시간만은 내 소신에 따라 살아가리라. 그렇게 다짐하고 있었다.

"디지털 파라다이스엔 가지 않을 수 있을까요?"

마지막으로 담당자에게 질문을 던지자 그는 당장 확답을 줄 수는 없다고 했다. 나는 알겠다고, 하지만 꼭 알려달라고 했다. 디지털 파라다이스에 가지 않아도 내 연구 성과는 충분히 데이터로 남길 수 있다는 말도 잊지 않았다.

그날 밤 꿈에서 엄마를 만났다. 노인의 모습으로 이터널이오신을 거부한 어머니는 적어도 금방 말을 배운 앵무새 같은 어투로 정부를 찬양하는 지금의 모습이 아닌, 젊은 시절 내가 알던 그 모습 그대로였다.

꿈속에서도 나는 어린 시절의 모든 게 그리워져 눈물을 흘렸다. 자연이 주는 변화를 자연스럽게 받아들이며 어떤 것도 영원하지 않다는 사실이 너무나도 당연하게 받아들여지던 시절. 지금 내게는 그 시절의 그 누구도 남아 있지 않다. 시간은 속절없이 흘렀고, 젊음은 영원한 듯했지만 나는 결국 혼자임을 알았다.

보건국 담당자에게 디지털 파라다이스에서의 영면은 피할 수 없음을 통보받던 날 밤, 나는 영혼이라도 자유로운 곳으로 가기를 바랐다. 오랫동안 인간이 꿈

꿔온 죽음 이후의 세상은 조작되지 않은 자연스러운 모습이겠지. 적어도 지금 나를 둘러싼 것처럼 모든 게 정부가 원하는 모습으로 흘러가지만은 않길 진심으로 바라며 나는 창문을 열려고 했다.

비상 상황이 아니라면 창문을 열 수 없습니다.

기계음이 들렸다. 보안을 해제하고 강제로 창문을 개방했다. 이터널 타워의 33층. 차가운 바람이 외부에서 유입돼 들어왔다.

나는 창밖으로 몸을 내밀었다.

지상으로 파랑새 한 마리가 날아가고 있었다. 시간은 0시. 잠시 후 고장 난 시계가 11시 59분으로 회귀하는 환영을 보며 나는 파랑새를 쫓기 위해 힘껏 날아올랐다.

작가의 말

세수를 하다 거울에 비친 내 얼굴이 낯설게 느껴진 적이 있다. 더는 어리다고만 할 수 없는 얼굴.

문득 이대로 젊음이 멈추면 좋겠다는 생각이 들었다. 하지만 생물적 한계를 가진 이상 불가능한 일이다.

대신 죽기 전까지 젊음을 유지할 수 있다면…….

그런 상상을 하다 보니 또 다른 문제들이 꼬리를 물었다.

흘러가는 시간에 맡겨진 우리의 삶에서 육체적 젊음보다 중요한 문제는 얼마든지 있다. 생각은 끝없이 바뀌고 주변 상황은 늘 우리의 뜻과 다르게 흘러간다. 머리는 점점 노화될 거고 판단력은 흐려진다. 반면에 경험은 늘어날 거고 삶에 초연해질지 모른다. 하지만 알 수 없다. 노년의 불안 때문에 끝없이 욕심만 늘어날지도.

언젠가 맞이해야 할 노년과 죽음의 순간을 우리는 어떻게 받아들여야 할까. 당신에게 물어본다. 만약 당신이 이터널이 오신을 선택할 수 있다면?

내 대답은 일단 보류하겠다. 언젠가 당신과 마주 앉아 삶에 대해 이야기할 날이 올지도 모르니.

이달의 장르소설

13분 27초

정종균

단국대학교 문예창작과를 졸업했다. 장편소설 『미술관 아르쿠스』와 『낙원을 향해서』, 여행기 『스무 살의 문턱에서 올레를 걷다』, 『지중해에 안기다』를 집필했다. 방송 작가로 활동하면서 제41회 근로자 문학제 희곡 부분에서 수상하거나, 제5회 아산문학상 평론 부분에서 수상하는 등 장르에 구애받지 않고 다양한 글을 쓰고자 노력하고 있다. 『이달의 장르소설2』에서 스릴러 단편 「붉은 재킷」을 선보이며 독자들에게 첫인사를 올렸다. 현재 광주광역시에서 실시한 2023년 청년예술인 창작지원사업에 선정돼 장편소설 『무명조개 허공 누각(가제)』의 출판을 앞두고 있다.

삼촌이 죽었다는 소식을 들은 건, 지금으로부터 약 열흘 전의 일이었다.

삼촌은 생전 자주 등산을 다녔던 야트막한 산에서 시체로 발견됐다. 경찰은 시체에 이렇다 할 외상이 없어 홀로 극단적인 선택을 내린 것 같다고 설명했다.

사실 삼촌의 자살은 특별한 일도 아니었다.

삼촌은 어딘가 음울하면서도 비밀 많은 사람이었다. 거기다 평생을 고독하게 지냈다. 결혼하지 않아 자식은커녕 배우자도 없는 데다 마땅한 친구가 있는 것도 아니었다. 무엇보다 평소에 툭 하면 죽느니 어쩌느니 말을 입에 달고 살았다. 누나인 어머니의 말마따나 '언제 죽어도 이상할 게 없는' 사람이었다.

상황이 이렇다 보니, 삼촌의 장례는 그나마 왕래가 있는 우리 몫이 됐다. 큰조카인 나는 상주가 됐고, 어머니는 장례 음식을 마련해 찾아오는 이들을 맞이했다.

피붙이임에도 이렇다 할 슬픔은 느끼지 못했다. 나나 어머니나 그저 귀찮은 일을 떠맡았다고 푸념만 할 뿐이었다. 그러니까 딱히 슬픔을 느낄 만큼 가깝지는 않지만, 그런다고 아예 모른척할 수도 없는 애매한 위치. 딱 그 정도가 우리 가족과 삼촌의 거리였다.

이런 삼촌의 직업은 아이러니하게도 영화배우였다. 실제로 삼촌의 집에는 삼촌이 출연한 영화 포스터나 소품들이 남아 있었다. 과거에는 나름 잘나가서 유명한 감독과 이런저런 작업을 많이 했다고 들었다.

그걸 보고 자극받은 탓인지 나도 한때 영화 시나리오를 쓴다고 설치고 다닌 적이 있었다. 실제로 몇 번인가 내가 쓴 졸작을 삼촌에게 들고 가기도 했다. 삼촌은 그때마다 제법 진지한 얼굴로 내 시나리오에 대해 조언을 해줬다. 물론 그마저도 내게는 재능이 없다는 걸 깨달은 이후로는 흐지부지됐지만 말이다.

삼촌이 오랫동안 활동을 하지 않았음에도 장례식은 생각보다 붐볐다. 다양한 감독과 배우들이 삼촌의 빈소를 찾았다. 대외적으로 이름난 여배우가 찾아와 삼촌을 찾으면서 눈물을 흘리는 통에 우리 가족 전체가 깜짝 놀라기도 했다.

그렇게 숨 가쁜 3일이 지났다.

발인까지 마친 후에 변호사가 우리 가족을 찾아왔다. 변호사는 형식적인 위로를 건네면서 삼촌의 유언장을 전했다. 잘은 모르지만, 삼촌은 자신의 죽음을 요 몇 년 전부터 꼼꼼하게 준비한 모양이었다. 자신이 죽으면 남은 재산을 어떻게 처분하고 정리할지 유언장에 세세하게 기재해 놓았으니 말이다.

일단 유언장의 내용을 대강 요약하자면, 남은 재산은 모두 처분해 7할은 남매인 어머니에게 상속되고, 남은 3할은 자선 단체에 기부된다. 영화 포스터나 자료, 필름 등은 생전 친분이 있는 감독과 배우들에게 골고루 나눠준다.

그리고 삼촌이 생전 가지고 있던 작은 금고는 큰조카인 내게 상속된다.

거기까지 들은 나는 귀를 의심했다. 삼촌이 내게 무언가를 남겼을 거라 생각조차 못 하고 있었기 때문이다. 삼촌은 큰조카인 나를 딱히 귀여워하지 않았고, 나 역시 삼촌에게 이렇다 할 애정이 없었다. 백 보 양보해서 어머니에게 재산이 상속된 건 자신의 장례를 치러줄 유일한 사람이니 그러려니 할 수 있었다. 하지만 내게는 삼촌에게서 무언가를 물려받을 일말의 무언가도 없었다.

어찌 됐든 중요한 건 삼촌의 금고는 내 몫이라는 점이었다. 유언장에는 아예 금고 비밀번호가 내 생일이라고 명시돼 있었다. 마치 이 금고는 온전히 네 것이라고 삼촌이 지목한 듯해 차마 거절도 할 수 없었다. 변호사는 금고는 현재 자신이 가지고 있으며, 언제든지 자신을 찾아오면 상속을 도와주겠다고 설명했다.

장례식이 끝난 이후 나는 몇 날 며칠을 고민했다.

자살로 생을 마친 삼촌의 유산이라는 점이 묘하게 꺼림칙하게 다가왔다. 혹시 거기에 세상을 향한 추악한 원망이나 분노, 혹은 저주가 담겨 있는 건 아닐까. 어쩌면 금고를 여는 순간 칼날이 튀어나와 내 머리를 썽둥 잘라낼지도 모른다. 다른 건 몰라도 나를 딱 집어서 전해줄 정도라면 평범한 물건이 아닌 건 확실했다. 이런 생각 속에서 나는 금고 상속을 차일피일 미뤘다.

그런 내 마음을 돌린 건 외국의 한 방송 프로그램이었다.

나와 마찬가지로 친척에게 금고를 상속받은 한 남자가 있었는데, 금고를 열어 보니 엄청난 귀중품이 튀어나와 하루아침에 부자가 됐다는 거다. 남자는 방송 프로그램에서 금고를 열었을 때의 기쁨을 잊지 못한다고 생생히 증언하며, 자신에게 엄청난 유산을 상속해준 친척에게 감사 인사를 했다.

그걸 보자 왠지 모를 기대가 나를 부추기기 시작했다. 어쩌면 삼촌의 금고 역시 남들은 모르는 아주 값비싼 게 있을 수도 있었다. 비록 애정 있는 관계는 아니었지만, 어찌 됐든 친조카가 아닌가. 여기까지 생각이 미치자 꺼림칙함은 금세 설렘으로 변했다.

각오를 마친 나는 곧장 변호사 사무실을 찾았다. 변호사는 웃는 얼굴로 금고가 있는 창고로 안내했다. 그리고 간소한 서류 작업 이후에 금고는 온전히 내게 상속됐다. 이 모든 절차가 완료된 이후, 나는 떨리는 가슴을 부여잡고 황급히 금고의 비밀번호를 눌렀다. 0825. 유언장에 명시된 내 생일이었다.

곧 철컥하고 금고가 열렸다. 조심스럽게 문을 열자 낡은 편지와 비디오 하나, 그리고 비디오 플레이어가 붙어 있는 구식 텔레비전이 눈에 들어왔다. 아무리 뒤져 봐도 금고에 있는 물건은 오직 그것뿐이었다.

기대가 너무 컸기 때문일까. 초라한 구성에 실망이 앞섰다. 한참을 금고 안을 뒤지다가 힘없이 금고 안에 있는 편지를 집어 들었다. 적어도 이게 왜 내게 상속되었는지는 알아야 하지 않겠냐는 얄팍한 의무감이 들었기 때문이다.

편지는 금고 안에 제법 오래 보관돼 있었는지, 누렇게 색이 바래 있었다.

주섬주섬 편지를 열자 익숙한 필체로 쓰인 첫 문장이 시야를 붙들었다.

* * *

내 큰조카 보려무나.

이 편지를 보고 있다는 건 내가 더 이상 이 세상에 살아 있지 않다는 뜻이겠지.

어차피 이 모든 건 각오하고 있던 일이라 크게 신경 쓰지는 않는다.

나는 그저 이 세상을 떠나기 전에 누군가 한 명은 이 사실에 대해 알아야 할 것 같아 편지를 남긴다.

네게 이 금고를 맡긴 건, 특별히 너를 사랑하거나 믿어서가 아니야. 그저 네가 아는 사람 중에 가장 편견 없고 열린 사고의 소유자이기 때문이지. 그만큼 지금부터 할 이야기는 맨정신인 사람은 쉽게 받아들일 수 없는 말이다. 지금 편지를 쓰고 있는 나조차도 누군가에게 이 이야기를 들었다면 미친 사람의 헛소리라고 생각했을 테니까. 그래도 너라면 이 편지 내용을 진지하게 받아줄 거라고 믿는다.

금고 안에는 작은 비디오 하나가 들어 있을 거야. 나는 이 비디오로 13분 27초 동안 지옥을 촬영했단다.

이 모든 걸 설명하자면 약 30년 전으로 거슬러 올라가야 해.

나는 당시 풋내기 배우 지망생이었어. 연기를 하고 싶은 마음에 이것저것 도전했지만, 결과는 신통치 않았어. 고생해봤자 얻을 수 있는 자리는 엑스트라나 다름없는 사소한 배역이 전부였다. 그렇게 허송세월하는 동안 나이는 먹고, 가진 돈은 갈수록 줄어들어갔지.

그러던 중 좋은 기회가 찾아왔어.

가벼운 마음으로 오디션을 봤는데, 감독에게서 내 연기가 마음에 든다고 연락이 온 거야. 당시 내가 오디션을 본 배역은 비장한 최후를 맞는 멋진 악역이었어. 비록 단역이긴 했지만, 대중에게 인상을 충분히 남길 수 있는 역할이었지.

하지만 예상치 못한 문제가 생겼지 뭐냐. 막상 촬영에 들어가 보니, 감독이 내 연기를 마음에 들어 하지 않는 거야. 몇 번씩이나 멋지게 죽는 모습을 연기했지만, 감독은 영 탐탁지 않아 했지. 그는 연기에 리얼리티가 부족하다고 하더군. 나는 그걸 듣고 기가 막혔어. 죽어보지도 않았는데, 리얼리티를 어떻게 살리겠나.

결국, 몇 번의 NG 끝에 감독은 만약 다음번 촬영 때까지 연기가 늘지 않으면 배우를 교체하겠다고 으름장을 놨어. 그 말을 듣자 애가 탔다. 이게 내게 주어진 마지막 기회나 다름없었거든.

배역이 절실했던 나는 죽음다운 죽음을 연기하기 위해 온갖 방법을 찾았다. 죽는 장면이 있는 영화는 죄다 찾아봤고, 그 장면을 연기한 배우에게 다짜고짜 찾아가 지도를 부탁하기도 했지. 진짜 시체를 보기 위해 영안실에 몰래 숨어 들어갔다가 도둑으로 오해받아 쫓겨난 적도 있어. 하지만 이렇다 할 수확은 없었단다.

고민하던 나는 한 가지 결정을 내렸어. 바로 누군가가 죽는 모습을 직접 촬영하기로 마음먹은 거야. 진짜 죽음에 이르는 모습을 영상으로 찍어 그걸 보고 연기를 한다면 모두가 만족할 '죽는 연기'를 완성할 수 있을 거라는 확신이 들었거든.

나는 곧장 이 계획을 실행에 옮겼다.

한창 유행하던 PC통신을 통해 동반 자살을 할 사람을 모집한다는 글을 올렸어. 당시에는 인터넷 규제가 덜하던 때라 생각보다 쉽게 자살 희망자를 모집할 수 있었지. 나는 그럴듯한 핑계를 대고 그들을 내가 있는 지역으로 유인했다. 마침 적당한 장소도 있었어. 자주 등산을 가던 야산에 버려진 집 한 채가 있었거든. 사람도 잘 오지 않고, 외진 곳이라 사연 있는 사람들이 자살하기에는 딱 좋았지.

그렇게 우리는 한곳에 모였어. 중년의 남자, 20대 초의 젊은 여자, 교복 차림의 소녀, 그리고 나까지 포함해 총 네 명이었지. 각자 사연도 달랐어.

중년 남자는 머리가 희끗희끗했는데, 다니던 회사가 부도가 났다고 고백했어. 거기다 퇴직금을 어떻게든 불려보고자 도박판에 발을 들였다가 억대의 빚만 생겼다는 거야. 하지만 차마 처자식에게 이 사실을 말할 용기가 나지 않아 두 달째 출근하는 척을 하고 있다더군.

젊은 여자는 결혼을 앞둔 신부였다고 하소연했어. 결혼식장 예약은 물론 청첩장까지 돌렸는데, 남편 될 남자가 바람이 났다지 뭐냐. 그것도 자신과 가장 친했던 친구와 말이야. 사랑과 우정 둘 다 잃은 여자는 이 기막힌 현실을 견디지 못하고 자살을 결심했다고 털어놨지.

교복을 입은 소녀는 인근에서 명문으로 유명한 고등학교에 다니고 있었어. 소녀는 어릴 때부터 알아주던 수재라고 자신을 소개했지. 하지만 고등학교에 입학한 이후로는 성적이 계속 떨어지는 바람에 조금씩 주위의 기대가 버거워졌다고 하더군. 매일매일 시험 성적 때문에 힘들어할 바에는 그냥 죽음으로 영영 도망치고 싶다고 훌쩍거리며 말했어.

다들 하나같이 죽을 만한 이유는 충분했다. 나 역시

그럴듯한 핑계를 대면서 그들의 의심을 피했지. 그리고 앞장서서 죽기 위해 모인 사람들을 빈집으로 안내했어. 문제 될 건 없었어. 그곳이 내가 준비해놓은 무대라는 점만 빼면.

나는 미리 그곳에 가 거실 구석에 1시간짜리 녹화 카메라를 준비해뒀다. 이들이 죽음에 이르는 1시간을 모조리 녹화해서 내 연기 교본으로 쓸 생각이었거든.

죽음을 앞두고 초연했던 탓이었을까, 아니면 내 연기가 그때 빛을 발했던 걸까. 사람들은 그 누구도 나를 의심하지 않았어. 나는 그들에게 미리 준비한 수면제를 건넸다. 그리고 수면제를 먹고 잠들었을 때 연탄을 피우면 조용히 잠자듯이, 고통 없이 세상을 떠날 수 있을 거라고 꼬드겼어. 사람들은 각자 유언장을 가슴에 품은 채 내가 건넨 약을 의심 없이 집어삼켰지. 그건 모두 새까만 거짓말이었는데 말이야.

내가 그날 수면제라고 속였던 약은 사실 삼키는 순간 내장이 타들어 가는 끔찍한 쥐약이었어. 극약 중의 극약이라 시골 가서 어렵사리 구해온 거야. 그들이 원하던 대로 '잠들 듯이 편안하게 맞이하는 죽음'은 내가 원하던 게 아니었거든. 그들이 최대한 고통에 겨워 몸부림치다 죽는 게 내가 원하던 장면이었어.

아니나 다를까, 얼마 되지 않아 약효가 나오더구나. 사람들은 입에서 피거품을 질질 흘리면서 고통에 찬 비명을 내질렀어. 눈을 까뒤집고, 몸부림을 치면서 제발 살려달라고 애원해대더군. 시시각각 내장이 타들어 가고 있으니 당연하겠지. 나는 몸부림치는 그들을 보면서 직감했단다.

내가 원하던 장면을 드디어 찍을 수 있겠구나.

상황 파악을 마친 나는 재빨리 자리를 털고 일어났다. 여기에 있다가 복잡한 일에 휘말리기는 싫었거든. 행여나 자살하는 이들과 내가 함께 있는 걸 누가 보기라도 했다가 지금까지의 계획을 모조리 망칠 수도 있었으니까.

그런데 막 바깥으로 나가려는 찰나, 누군가 내 발목을 덥석 잡더구나. 성적 때문에 자살을 선택한 소녀였어. 소녀는 입에서 피를 쏟으면서 살려달라고, 배가 너무 아프다고 엉엉 울면서 애원했다. 어찌나 세게 내 발목을 잡았는지 다리 전체가 다 시큰할 지경이었어. 죽어가는 사람에게 어떻게 이런 힘이 남았는지 의아스러울 정도였지.

그 모습을 보자 나도 모르게 초조해졌어. 꼭 이 소녀가 내 앞날을, 배우로 성공할 찬란한 미래를 막는 것 같았거든. 순간 분노가 치밀어 오를 정도로 말이야. 그래서 나는 소녀를 바로 거칠게 떨쳐 냈어. 소녀는 그런 와중에도 벌레처럼 꿈틀거리면서 살려달라는 말만 반복할 뿐이었고.

곧장 자리를 벗어난 나는 근처 수풀에 몸을 숨겼다. 그리고 저들이 모두 문제없이 죽어가기만을 기다렸지. 인적이 외진 곳이라 딱히 내 계획을 방해할 사람은 없었어. 나는 1시간 정도 숨을 죽이면서 준비해놓은 카메라가 저들의 마지막 1시간을 제대로 녹화하기만을 바랐다.

그렇게 영겁과도 같은 1시간이 지난 후, 다시 빈집으로 뛰어 들어가니 다행히도 자살을 시도한 세 명 모두 입에 피거품을 문 채 숨이 끊어져 있었어. 그들의 죽음을 몇 번이나 확인한 후에 조심스럽게 구석에 설치해놓은 카메라를 확인했다. 다행히 영상은 제대로 녹화돼 있었어. 나는 그걸 보고 뛸 듯이 기뻤단다.

재빨리 카메라를 회수한 다음, 공중전화기로 달려가 익명으로 그들의 자살을 신고했어. 그리고 뒤도 돌아보지 않고 집으로 달려갔지. 집으로 가는 동안에도 행여 누군가와 맞닥뜨리거나 경찰이 목덜미를 낚아챌까 봐 얼마나 떨었는지 몰라. 그런 와중에도 카메라와 녹화 비디오는 신줏단지처럼 꼭 품에 안았다. 내 희망이자 미래였으니까 말이야.

일은 생각보다 싱거우리만큼 쉽게 해결됐다. 신고를 받은 경찰들이 그 즉시 빈집을 수색해 자살한 세 명의 시체를 발견했어. 그들은 각자 유언장을 가지고 있었던 데다, 외부의 침입이나 강요한 흔적도 없었기에 경찰들은 흔한 동반 자살이라고 판단했단다. 그들의 죽음에 대한 소식은 지역 신문에 실린 짧은 몇 줄의 글이 전부였어.

모든 일이 일단락된 후, 나는 두근거리는 가슴을 부여잡고 녹화된 비디오를 재생했다. 다행히 비디오는 화면이나 음질 모두 흠잡을 데가 없었다. 하지만 뭔가 이상했어. 이 비디오는 딱 1시간만 녹화할 수 있었는데, 어째서인지 비디오에는 1시간 13분 27초의 영상이 녹화돼 있었거든. 비디오의 용량으로는 담을 수 없는 13분 27초가 덤으로 더 찍힌 거야.

처음에는 그냥 기계 오류인가 싶었어. 솔직히 영상이 더 찍힌 거야 그리 대단한 것도 아니었으니까. 나는 완벽한 연기를 펼칠 욕심으로 천천히 비디오를 감상했다. 비디오에 찍힌 영상은 내가 직접 봤던 장면과 크게 다를 바가 없었다. 슬픈 얼굴을 한 넷이 빈집에 모이고,

나를 제외한 셋은 유서를 품에 안은 채 극약을 먹었지. 그리고 이내 고통에 몸부림치기 시작했어.

나는 그 장면의 일부라도 놓칠까 싶어 집중해서 봤다. 내가 매달리던 소녀를 억지로 뿌리치고 유유히 그 상황을 벗어나던 그 장면까지 모두 말이야. 영상은 그 이후로도 쭉 이어졌어. 셋은 고통에 몸부림치다가 피거품을 쏟으면서 축 늘어져 죽었어. 나는 그들의 죽음을, 비명을, 고통을 눈에 새기려고 애썼지.

그렇게 1시간이 지났다. 그리고 찍혀서는 안 될 13분 27초의 영상이 이어졌다.

처음에 이상함을 눈치채지 못했어. 그도 그럴 게 화면 속 흐름은 딱히 달라지지 않았거든. 그런데 별안간 죽어 있던 세 사람이 다시 꿈틀거렸어. 움직이기 시작한 거야.

나는 그 장면을 보고 소스라치게 놀랐단다. 분명 죽었다 생각한 세 사람이 움직이는 걸 보고 내가 뭔가 실수를 한 게 아닐까 싶었어. 그리고 그건 영상 속 세 사람도 마찬가지인 것처럼 보였어. 그들 역시도 극심한 고통에 시달리다가 죽었음에도 다시 살아났다는 사실을 믿기 어려워하는 눈치였다. 혼란에 빠진 얼굴로 주위를 살폈지. 소녀는 코와 입에 묻은 피를 닦아내며 나를 찾아 주위를 두리번거리기까지 했어.

그러다 갑자기 천장에서부터 불이 번져갔어. 불은 금세 일대를 뒤덮었다. 셋은 때아닌 불길에 깜짝 놀라 집 밖으로 도망치려고 했다. 하지만 그러기도 전에 불길이 번진 벽이 와르르 무너져 세 사람을 덮치고 말았단다.

그 와중에 불과 연기는 서서히 화면을 채웠다. 세 사람은 지독한 열기에 콜록거리면서 살려달라고 소리쳤어. 하지만 불은 집요하게 세 사람을 뜯어 먹었지. 이내 그들은 불길에 뒤덮인 새까만 숯덩어리가 되어 명을 달리했다.

그리고 영상은 끝났다.

나는 영상이 끝난 이후에도 눈을 뗄 수 없었어. 이해할 수 없었거든. 분명 나는 그들이 약을 먹고 죽는 걸 확인하고 나왔다. 불은 한번도 난 적이 없었어. 그런데 대체 13분 27초 동안 찍힌 화재 영상은 뭐냔 말이야.

나는 서둘러 비디오를 다시 재생했다. 이번에도 앞에 찍힌 1시간 분량의 영상은 이전과 똑같았어. 우리는 빈집에 들어갔고, 나만 몰래 빠져나왔다. 그리고 나머지 셋은 약을 먹고 몸부림치다가 죽었지.

이윽고 영상이 1시간이 넘어갈 무렵에 이르자 죽은

세 사람은 다시 몸을 번쩍 일으켰다. 셋 모두 고함과 비명을 지르며 아까 불은 대체 뭐냐고 서로에게 물었어. 셋 모두 화재를 기억하는 눈치였다.

그런데 곧 낮은 으르렁거림이 들려오지 뭐냐.

갑자기 화면 저편에서 시커먼 짐승 한 마리가 침을 뚝뚝 흘리며 걸어 나왔다. 짐승은 겉보기에는 개와 비슷했지만, 덩치가 훨씬 큰 데다 눈은 핏발이 서 있었다. 생전 처음 보는 동물이었어. 짐승은 으르렁거리면서 세 사람에게 달려들었다.

순식간에 일어난 일이었다. 짐승은 가장 앞에 있던 남자에게 달려들어 그의 목덜미를 물어뜯었다. 와지끈, 하고 목뼈가 부러지는 소리와 함께 피가 치솟았어. 짐승은 마치 재밌는 장난감이라도 가지고 놀듯이 남자의 목을 이리저리 물어뜯어 뱉었다. 화면 가운데로 뜯겨나간 남자의 머리가 데구르르 굴러갔지.

그렇게 하나를 해치우자 짐승은 다시 남아 있는 두 사람에게 향했다. 두 사람 모두 구석에 숨어서 살려달라고 소리치면서 어떻게든 저항했지만, 의미 없는 짓이었다. 짐승이 커다란 입을 벌려 하나씩 목을 뜯어냈거든. 뼈가 으스러지는 소리와 날카로운 비명이 차례로 이어졌지. 짐승은 남아 있는 존재를 모조리 씹어 죽인 다음에야 화면을 보고 만족스러운 표정을 지어 보였어.

그리고 이 모든 건 13분 27초에 정확히 끝났다.

나는 그제야 내가 찍은 비디오가 뭔가 이상하다는 걸 알아챘다. 처음에는 의심, 두 번째는 확신이 들었지. 그러니까 앞에서 찍은 1시간은 그들이 죽음에 이르기까지를, 그리고 13분 27초는 그들의 죽음 이후를 찍고 있었던 거야.

나는 이 추측을 확인하려 또 비디오를 재생했다. 익히 알던 장면이 빠르게 지나갔다. 그리고 다시 1시간이 지난 후에, 그들은 헐떡거리며 다시 깨어났어. 꼭 13분 27초만 쉬지 않고 반복되는 것 같았지. 셋 모두 멀쩡하게 돌아온 자신의 몸뚱이를 보면서 경악에 찬 고함을 내질렀어.

그러다 소녀가 실성한 비명을 지르면서 달려 나간 순간, 갑자기 무언가 커다랗고 시커먼 게 천장을 뚫고 떨어져 내렸어. 그게 소녀의 머리를 거칠게 강타했단다. 소녀는 그대로 머리가 으스러진 채 숨을 거뒀어. 소녀의 머리에서 흘러나온 피와 뇌수만 부서진 수박처럼 사방에 흩어져 있을 뿐이었지. 곧 으깨진 소녀의 머리 옆으로 동그란 볼링공이 또르르 굴러가는 거야. 맞아,

하늘에서 떨어진 건 볼링공이었다.

황당하게 들릴지 모르지만, 곧 볼링공의 비가 무차별적으로 내리기 시작했단다. 남은 두 사람은 주위에 나뒹구는 잡동사니로 어떻게든 볼링공을 피하려고 애썼어. 하지만 무시무시한 속도로 떨어지는 볼링공을 무슨 수로 막을 수 있었겠냐. 결국, 남은 둘 역시 떨어지는 볼링공에 맞아 죽었다. 그리고 영상은 끝났어.

그래, 정확히 13분 27초 만에 말이다.

나는 떨리는 손으로 또 한 번 영상을 재생시켰다. 이번에는 제발 조금이라도 달라지길 바랐지. 그러나 마찬가지로 1시간의 영상 속에서 그들은 똑같이 모여서 독약을 마시고, 고통에 겨워 피를 쏟으며 죽어갔다. 그리고 13분 27초의 구간에 들어서자 꿈틀거리면서 깨어났어.

반복되는 죽음 속에서 그들은 머리를 쥐어뜯으며 어떻게든 이 현실을 벗어나려고 했어. 어쩌면 당연한 일이야. 아무리 죽고 죽어도 되살아나고, 다시 기괴한 방법으로 죽는데 그걸 어떻게 받아들이겠니.

곧 화면이 흔들리기 시작했다. 나는 그게 이번에 예고된 죽음의 징조라는 걸 직감했지. 얼마 가지 않아 지진이 일어나면서 벽이 무너졌어. 그리고 비디오 속에 갇힌 세 사람은 무너진 흙벽에 깔려 죽었단다. 무너진 벽 사이로 삐죽 튀어나온 팔과 그 사이에서 흘러나온 붉은 피가 아직도 선명히 기억나.

이쯤 되자 서서히 무서워지기 시작했다. 믿기 힘들었지만 내가, 내가 저들을 이 비디오에 가둔 것 같았거든. 그런데 한편으로는 이런 생각도 들더구나.

이게 내가 바라던 '죽음'의 모습이 아닌가. 저들의 죽음을 자세히 관찰하면, 내 연기가 늘지 않을까.

여기까지 생각한 나는 다시 비디오를 재생시켰다. 용서받을 수 없는 짓이라는 건 안다. 하지만 난 당시 은밀하고도 깊은 유혹에 휩쓸려 있었다. 매번 여러 방법으로 처절하게 죽는 저들의 모습만큼 훌륭한 연기 보조재도 없었거든.

그렇게 다시 13분 27초의 구간이 시작됐다. 그들은 다시 깨어나 여전히 자신들이 살아 있음을, 그리고 곧 닥쳐올 죽음에 대해 절규했어.

그런데 이번에는 여자가 벌떡 일어나더니 다짜고짜 남자를 비난하기 시작하지 뭐냐? 이 모든 건 당신 때문이라고, 당신이 우리를 이렇게 만들었다고 소리를 질렀어. 뚜렷한 이유는 없었어. 어쩌면 극한 상황에 몰리니까 그저 원망할 사람이 필요했을지도 몰라.

비난의 화살이 한번 내리꽂히자 금세 감정은 격해졌다. 곧 남자와 여자는 서로에게 고함을 지르면서 몸싸움을 하기 시작했어. 처음에는 남자 쪽이 덩치가 컸기 때문에 훨씬 우세했지. 하지만 여자는 포기하지 않았다. 오히려 악에 받쳐서 기를 쓰고 반항했어. 그리고 찰나의 순간, 빈틈을 본 여자가 남자의 발을 걸어 넘어트렸다. 남자는 허둥대다가 그대로 머리를 벽에 박고 쓰러졌어. 그대로 절명한 게 분명했다.

여자는 죽은 남자를 발로 차면서 이제 제발 보내달라고, 꺼내달라고 누구에게 향하는 건지 모를 애원을 해댔어. 소녀는 그런 와중에 그저 벽 구석에 몸을 쭈그리고 앉아 흐느끼기만 했지.

그런데 갑자기 바닥에 새까만 게 몰려오기 시작하는 거야. 자세히 보니, 그건 날개와 톱니 이빨을 가진 괴상한 벌레였어. 처음 보는 벌레들은 개미처럼 우르르 몰려와 세 사람을 뒤덮기 시작했단다. 이미 죽은 남자는 물론, 소리를 지르던 여자와 구석에 있던 소녀까지 모조리 집어삼켰지. 여자는 미친 듯이 저항했지만, 벌레는 집요하게 그녀의 살갗을 파고들었어. 얼마 가지 않아 그 자리에 있는 모두가 벌레 떼에 뒤덮여버렸다.

나는 다시 비디오를 처음으로 되돌렸다. 하지만 달

라진 건 없었어. 예정된 1시간이 지나자마자 세 사람은 다시 꿈틀거리면서 깨어났다. 그리고 이번에는 남자가 벌떡 일어났어. 그는 재빨리 바닥에 굴러다니던 돌을 들었어. 그리고 체중을 실어 여자의 머리를 힘껏 내리쳤다. 눈 깜짝할 사이에 일어난 일이었다.

여자는 몸부림치면서 저항했지만, 남자는 아까의 원한 때문인지 멈출 생각이 없어 보였다. 얼마 가지 않아 여자는 머리가 으깨져 죽었어. 남자는 여자의 피를 뒤집어쓴 채 숨만 몰아쉴 뿐이었다. 그러다 남자는 구석에서 숨을 죽이고 있던 소녀에게 달려갔어. 소녀는 비명을 지르며 저항했지만 소용없는 짓이었다. 남자는 다시 돌을 휘둘렀고, 소녀 역시 똑같이 머리가 으깨져 죽었다.

둘을 죽인 남자는 피투성이가 된 채 제발 자신을 내보내달라고 고래고래 소리쳤어. 그런데 죽어 있던 여자와 소녀가 벌떡 일어나더구나. 그들은 남자를 향해 짐승처럼 달려들어 산 채로 그를 뜯어 먹기 시작했어. 남자의 비명과 살점이 뜯기는 소리가 화면 너머로 쉬지 않고 이어졌지.

혹시 무간지옥(無間地獄)이라고 들어본 적 있느냐?

불교에서 말하는 지옥이다. 밑도 끝도 없는 지옥이

란 뜻이지.

무간지옥은 가장 끔찍한 죄를 지은 존재가 떨어지는 지옥의 밑바닥 같은 곳이다. 그리고 무간지옥에 떨어지는 죄인 중에는 자신의 삶을 소중히 여기지 않고 스스로 목숨을 끊는 자살자도 포함돼 있지. 물론 정말 무간지옥이라는 곳이 있는지는 나도 몰라. 거기가 어떻게 생겼는지도 알 수 없지. 하지만 반복되는 13분 27초 동안 온갖 방법으로 죽는 세 사람을 보고 있자니 불현듯 내가 그 무간지옥을 감히 찍었구나, 하는 생각이 들었다.

아니, 저들의 모습은 무간지옥이라는 말 외에는 설명할 길이 없었어.

그래도 한 가지 확실한 건 그들의 죽음은 굉장히 생생하다는 점이었다. 그 어떤 영화에서도 볼 수 없던 죽음이었어. 그리고 매번 가지각색으로 죽어 나갔기에 죽은 존재가 어떻게 죽고, 어떻게 비명을 지르며, 어떤 포즈로 쓰러지는지 배울 수 있었지.

나는 그걸 바탕으로 연습한 후에 다시 영화 촬영에 들어갔단다. 결과는 볼 것도 없이 대성공이었어. 감독은 어디서 이렇게 사실적인 연기를 배워왔느냐고 박수까지 쳤다. 주위에 있는 사람도 내 연기에 감탄해서 어쩔 줄 몰라 하더군.

당연한 일이었어. 나는 그때까지 몇 차례나 반복되는 다양한 죽음을 직접 봤으니까.

그렇게 무사히 영화 촬영은 종료됐다. 영화는 생각 이상으로 인기를 끌었어. 많은 사람들이 내 연기를 극찬했단다. 비장한 모습으로 죽음을 맞이하는 모습에 반해 팬이 됐다는 사람까지 나타났을 정도였다.

하지만 뒤늦은 죄책감이 나를 괴롭히기 시작하더구나. 집에 돌아오면 언제나 그날을 찍은 비디오가 여전히 나를 기다리고 있었거든. 불쌍한 세 사람을 꼬드겨 지옥으로 떨어트린 순간을 찍은 그 비디오가 말이야. 매일 그 세 사람이 지른 비명이 귓가에 맴돌았다. 혹시 이 비디오를 부수면 세 사람이 해방될까 싶어 하루에도 몇 번이나 고민했어.

하지만 나는 결국 비디오를 부수지 못했다. 내게는 연기가 더 중요했고, 이것만큼 훌륭한 보조재는 없었거든.

재생이 반복됨에 따라 그들은 다양한 모습을 보여줬다. 때로는 미친 듯이 서로를 비난하며 싸우다가도, 때로는 엉엉 울면서 서로를 따스하게 위로하기도 했어. 다가오는 죽음에 발광하다가도 어느 순간 의연하게 받아들이거나, 아예 깔깔 웃으면서 즐기는 모습까지 보여줬지. 인간이 극한에 몰리면 기이할 정도로 순수한 감정을 보여준다는 걸 나는 그들을 통해 배웠다. 그리고 그건 온갖 인간 군상을 연기하는 데 중요한 밑거름이 됐어.

매번 달라지는 참신한 기법, 시시각각 바뀌어 가는 인물의 모습. 군더더기 없는 완벽한 결말. 이 모든 게 13분 27초 안에 담긴 거야. 그건 어떤 의미에서 내가 찍어낸 걸작이었어. 그리고 나는 관람을 허락받은 단 한 명의 관객이자, 그들의 죽음을 연기로 승화시킬 수 있는 유일한 배우였지. 그 사실을 떠올리면 비디오를 재생할 때마다 기묘한 도취감에 사로잡히곤 했어.

그러면서 나는 조금씩 중견 배우로 자리를 잡아갔다. 비디오 속에서 죽어가는 세 사람을 보면서 영감을 받아 각본을 쓰거나, 직접 카메라를 잡은 적도 있어. 비디오를 몇백 번씩 돌려보면서 목도했던 처참한 광경이 내 안목 또한 길러준 거지.

그러다 문제가 찾아왔단다. 몇 번이고 반복되는 죽음 속에서 그들이 적응해버린 거야.

셋 모두 어느 시점에 이르자 아무것도 하지 않고 다가오는 죽음을 맥없이 맞이하더구나. 내게 열정을 불어넣던 모습은 감쪽같이 사라지고 없었어. 그들에게서는 일종의 체념마저 느껴졌다. 수백 번 죽음을 반복했으니 어쩌면 당연한 일이겠지.

그쯤 되자 나는 초조해졌다. 내게 연기를 가르쳐줄 보조재가 사라진 셈이었으니까 말이야. 동시에 내 연기 활동도 주춤거렸어. 이 사실을 알 리 없는 다른 사람들은 한목소리로 내 연기가 진부해졌다고 지적했다.

나는 비난을 피하기 위해 더더욱 비디오에 매달렸다. 그런데 어느 순간부터인가 비디오 너머 세 사람이 기이한 모습을 보이기 시작했어. 물론 13분 27초의 공식은 달라지지 않았어.

다만, 그들이 다소곳하게 앉아 정면을 말없이 응시하기 시작했단다.

처음에 그들이 왜 그러는지 몰랐어. 무슨 기도나 의식을 하고 있나 생각했을 뿐이야. 그러다 깨달았다.

세 사람은 나를 기다리고 있던 거야.

맞아. 그 셋을 지옥으로 밀어 넣고 그 장면을 찍은 화면 너머의 나를 말이야. 어쩌면 당연한 일이었어. 나 역시 무간지옥에 갇히고도 남을 놈이니까.

세 사람도 반복되는 시간 속에 갇혀 있는 게 퍽 지루했겠지. 그러다 어느 순간 나라는 존재를 떠올리고 기다리고 있던 거야. 내가 오면 반복되는 지루한 죽음에 새로운 변화가 찾아오는 셈이니까.

이런 내 생각에 확답이라도 해주듯 그들의 표정은 퍽 들떠 보였고, 심지어는 평화로워 보이기까지 했다. 나는 그 모습이 무서워 비디오를 빼냈어. 마음 같아서는 그대로 영영 부숴버리고 싶었지만 앞서 말했듯 도저히 그럴 수 없었어. 이건 이미 내 삶의 중요한 일부가 돼 있었거든.

결국, 나는 이 비디오를 금고 안에 넣고 누군가에게 맡기기로 마음먹었다. 여기까지 내가 적은 이야기를 미친 소리라고 생각하지 않고, 믿어줄 유일한 사람에게 말이야.

너는 내가 아는 사람 중에 가장 열린 시각을 가졌다. 네가 써온 시나리오를 볼 때마다 항상 느끼던 거야. 너는 아무리 허무맹랑한 이야기도 진지하게 받아들이곤 했지. 이번 역시 네가 기꺼이 그러리라고 믿는다.

비디오를 보지 않은 이후로도 그들이 날 부르고 있는 게 느껴져. 아마 나는 오래 버티지 못할 거야. 눈을 감으면 그들이 죽었던 외딴 빈집이 생생히 떠오르거든. 꿈을 꾼 적도 많다. 꿈속의 나는 30년 전 그날과 마찬가지로 세 사람과 함께 있다. 그러다 뭔가 이상함을 눈치챈 내가 허둥지둥 도망치려 들면 소녀가 내 발목을 붙들어. 하지만 그때처럼 애원하거나 발악하지 않아. 그저 언제 올 거냐고 묻듯이 지그시 바라볼 뿐이지. 그러다 깨어나면 언제나 같은 일상이 기다리고 있어. 지옥에 떨어지기만을 기다리는 평범하디 평범한 일상이 말이야.

한편으로는 궁금하단다. 만약 내가 죽으면, 나도 그들 곁에 가게 될까? 13분 27초 동안 끊임없이 죽임당하는 지옥에 갇히게 될까? 나는 내 욕심 때문에 세 사람이 지옥에 떨어지는 걸 도왔으니 그들이 죄인이라면 나도 죄인이겠지. 어쩌면 긴 시간 동안 비디오에 갇혀 고통받아야 했던 건 그들이 아니라 나였는지도 몰라.

아까 무섭다고 말했지만, 사실은 기쁘, 아니, 조금 설레기도 해. 내가 보면서 몇 번이나 감탄했던 기발한 구성 속으로 직접 걸어 들어가는 셈이니까. 나도 그들이 했던 것처럼 울고, 두려워하고, 웃고, 피하고, 기도하고, 반항하면서 매번 다른 13분 27초를 완성하겠지. 거기는 그저 새로운 무대일 뿐이야.

나는 뼛속까지 배우다. 나를 기다리고 있는 무대가 있다면 기꺼이 오를 준비가 돼 있어. 설사 그곳이 지옥이라고 할지도 말이야.

나는 그 모습을 볼 수 없으니, 그걸 확인하는 일은 네게 맡기마. 이 편지와 함께 비디오 플레이어도 같이 두고 간다. 그게 있으면 어디서든 내 모습을 볼 수 있을 거야. 만약 내가 죽었다는 소식을 들으면 이 비디오를 보려무나. 그리고 이 못난 삼촌의 마지막 관객이 돼 주렴.

동정은 필요 없다. 그저 내가 펼칠 마지막 무대에 대한 작은 찬사면 족해.

이후 이 비디오를 어떻게 처분할지는 온전히 네게 맡기마. 그러면 이만 편지를 줄인다.

* * *

편지는 그게 끝이었다.

편지를 전부 읽고 나서야 뒤늦게 금고 구석에 있는 비디오에 시선이 닿았다. 비디오는 먼지를 뒤집어쓴 채 가만히 있었지만, 왠지 모를 기괴한 무게감이 내 의식을 짓눌렀다.

그리고 그게 호기심으로 변하기까지는 오랜 시간이 걸리지 않았다. 덜덜 떨리는 손으로 비디오를 꺼내 비디오를 플레이어 안에 넣었다.

잠시 고민하다가 재생 버튼을 눌렀다. 촤르륵, 하고 필름 돌아가는 소리가 공허하게 귓가에 울렸다. 곧 텔레비전에 빛이 들어오며 영상이 재생되기 시작했다.

하지만 텔레비전에 떠오른 건 치직거리는 잡음과 흑백 화면이 전부였다.

1시간 하고도 13분 27초가 흐르는 동안, 비디오는 똑같은 흑백 화면만 뱉어냈다. 삼촌이 봤다는 지옥의 모습은 어디에도 없었다. 처음부터 아무것도 찍힌 게 없었다는 듯이 그저 공허한 화면과 불규칙한 소음만 끝없이 반복될 뿐이었다.

작가의 말

이번 소설은 언젠가 들었던 무간지옥에 대한 이야기에서 출발했습니다. 사실 지구상에 있는 종교는 그 형태와 교리는 다를지라도 사후 심판의 내용은 비슷합니다. 선인은 구원받아 약속된 낙원에 이르고, 악인은 심판받아 지옥에 떨어지죠. 그리고 악인에게는 아득한 처벌과 고통만이 있을 뿐입니다.

그런데 한편으로는 이런 생각도 들더군요. 사람이라는 존재는 결국 적응의 동물입니다. 지옥에 갇힌다고 해도 그 상황에 적응하거나, 그 와중에 소소한 즐거움을 느낄 수 있다면 그곳을 과연 지옥이라고 부를 수 있을까요. 우리 역시 언제 들이닥칠지 모르는 죽음을 기다리면서 무수히 많은 13분 27초를 반복하고 있지 않습니까. 이렇게 생각해보면 결국 지옥이라는 곳은 별것 아닐지도 모른다는 생각이 듭니다. 어쩌면 살아 있다는 게 곧 죄이고, 우리는 각자의 지옥 속에서 그 죗값을 치르고 있는 걸지도 모릅니다.

그런 의미에서 이 소설을 읽은 당신에게 묻고 싶습니다.

당신에게 주어진 13분 27초는 버틸 만하십니까?

이달의 장르소설

이원화

국술호

대학에서 콘텐츠를 배우고 있다. 『이달의 장르소설』 시리즈라는 좋은 기회로 독자님들께 처음으로 인사드린다. 책장을 덮고도 오래도록 뇌리에 남는 이야기를 쓰고자 노력한다.

1원칙

공용 세상의 언어는 개인의 세상에 적용되지 않는다.

당신을 알려달라는 이드의 질문에 대한 상현의 첫 번째 답이었다. 이드에겐 상현을 설명하는 문장이 될 수는 없었겠지만, 나름의 생각을 거친 정제된 답변이었다. 그를 이드 앞에 앉힌 인사부장은 '웬만하면 가이드라인에 따라라'라는 완곡한 권고를 했지만, 그건 어디까지나 권고였다. 더욱이 이드에게 자리를 물려줘야 한다는 사실은 상현에게 알 수 없는 저항심을 불러일으키기도 했다.

상현은 언젠가 자신에게 이런 일이 일어나리라는 걸 직감하고 있었다. 그가 다니고 있는 온라인 상담 전문 회사 '토닥'이 '사람과 사람을 잇는 1대1 전문 상담'을 중점으로 내세웠기에 망정이지, 다른 회사처럼 일찍이 AI를 앞세웠더라면 그는 진작 기본 수당을 받으며 생활했을 거다. 요즘은 다들 그렇게 살아가기에 기본 수당을 받는 게 그리 나쁜 일은 아니었으나 상현은 월급을 빼앗기기 싫었다. 남들은 빳빳하게 몸을 세운 채로 타는 자전거를 일부러 불편하게 만들어 수그려 타는 걸 좋아했고, 남들은 반조리 상태로 받는 식사 키트를 완조리 상태로 받아 편하게 먹는 것 또한 좋아했다.

상현이 사는 세상에서 월급을 받는 일이란 그런 거였다. 조금 특별해지거나, 조금 편해지거나. 그런데 이제 기본 수당을 받게 된다면 그 또한 다른 사람들과 별반 다를 것 없이 뻣뻣한 자세로 자전거를 타고, 식사 키트를 받아 음식을 일일이 조리해야 될 거다. 그래서 상현은 책상들밖에 남지 않은 휑한 사무실에 들어와 자신에게 손짓하는 인사부장의 뒤를 따라가기 싫었다. 그러나 일어날 일은 반드시 일어난다. 손을 떠나간 잼 바른 식빵이 잼 바른 부분부터 떨어지는 것처럼, 지하철에서 갓 내린 사람들을 헤치고 급하게 플랫폼에 다다르면 지하철이 떠나는 것처럼. 상현은 자신에게 닥친 일을 수긍하기로 하고 인사부장의 뒤를 따르기로 했다.

"앉으세요."

상현은 인사부장의 손끝이 다다른 의자에 어설프게 자리했다. 인사부장이 '지금 당장 자리를 비워줬으면 한다' 따위의 말을 하면 미련이 없는 것처럼 자리에서 일어날 수 있도록.

"도상현 상담사님 맞으시죠?"

"네."

"동료분들한테 절차가 어떻게 되는지 대략 들으셨을 테니 빠르게 진행할게요."

상현이 한숨을 내쉬며 고개를 끄덕이자 부장은 자동화 기계라도 되는 것처럼 책상에 널브러져 있는 서류 더미들에서 종이를 한 장씩 모아 상현이 작성해야 하는 서류 꾸러미를 순식간에 만들어냈다. 상현은 형광펜으로 칠해져 있는 서명 부분들을 보며 이제는 진짜 끝이구나 하는 생각을 할 수밖에 없었다. '진짜 끝'이라는 생각은 유달리 소심했던 상현에게 알 수 없는 자신감을 불어넣었고, 상현은 그 자신감을 바탕으로 언제부터 떠오른지 모를 질문을 인사부장에게 내뱉었다.

"인사부장님은 안 잘리시나요?"

상현의 질문을 들은 인사부장은 퀭한 눈으로 상현을 쳐다보고는 허탈한 미소를 지었다.

"상현 씨한테 그런 말을 들을 줄은 몰랐네요. 그런 게 진짜 궁금해요?"

상현이 당연하다는 듯 태연하게 고개를 끄덕이자 인사부장은 안경테를 톡톡 쳐 우측 렌즈 하단에 사출된 시간을 확인하고는 자세를 바로잡았다.

"좋아요. 다음 통보까지는 시간이 좀 남은 거 같네요. 어, 그러니까. 저도 잘리죠. 석박사 하신 상담사님들도 잘리는 마당에 저라고 안 잘리겠어요? 그나마 상담사님들이 나은 부분은 정부 지원이랑 사측 지원이랑 해서 사망할 때까지 원래 월급의 70%를 받게 된다는 거죠. 저는 '인격화'가 요구되는 직무가 아니라서 지금 월급의 딱 절반만 받게 됩니다. 상담사님들 퇴직 처리가 완료되는 그 순간부터 바로요. 이 점이 상현 씨를 조금이나마 위로해드렸으면 합니다."

인사부장은 뒤이어 바로 퇴직 절차에 대한 설명을 덧붙였다. 상현의 자리를 대신할 '이드'라는 상담 AI에게 상현의 인격을 부여해야 한다는 것과 퇴직 시점부터 6개월간 원래 월급이 지급될 거라는 내용은 인지했으나 그 외의 내용은 귀에 들어오지 않았다. '부장급 월급의 절반이면 내 월급의 70%보다 많지 않을까?' 하는 다소 현실적인 생각이 상현의 머릿속을 가득 채웠기 때문이었다.

그러나 부장 월급의 절반에 대해 곰곰이 생각한다고 해서 상현의 기본 수당이 보장되는 건 아니었기에 상현은 그다음 날 출근하여 내담자 대신 이드를 마주하기로 했다. 이드의 첫인사는 담백했다. 회사 내부에서 사용하기로 한 AI라 그런지 전자기기를 사고 처음 마주하는 AI의 화려한 인사말과는 확연히 차이가 있었다. 하얀 바탕에 정직한 폰트로 '안녕하세요'라는 다섯 글자가 잠시간 점멸하듯이 등장했다가 사라지는 게 다였다. 이후의 대화도 비슷했다. 상현은 처음에 답답함을 느꼈지만, 곧 뭔지 모를 편안함을 느끼며 이드의 대화 방식에 적응했다.

상현은 사번(社番)이나 생년월일, 출신 대학 등의 자신의 기본 정보를 입력하는 데까지는 큰 무리를 느끼지 못했지만, '당신에 대해 알려주세요'라는 이드의 제대로 된 질문을 받고서는 손가락을 쉽게 움직일 수 없었다. 프로그램에 설정된 질문 입력 시간을 초과한 건지 이드가 다시 한번 '당신에 대해 알려주세요'라는 문장을 점멸시켰다. '내가 누구인가'라는 철학적인 질문이 그의 발목을 붙잡은 건 아니었다. 상현은 스스로를 진부하게 설명할 수 있었다. 그러나 상현은 자신이 누군지가 중요하다고 생각하지 않았다. 회사 측에서 개인화된 무언가를 원하는 건 알겠지만 상현이 자신에 대해 서술한다고 한들 사람 사는 게 다 비슷하기에 '상현1', '상현2', '상현3'과 같은 엇비슷한 AI만 생성될 거라고 생각했기 때문이다. 그래서 상현은 회사의 상담사 80%가 먼저 해고당할 때까지 자신이 살아남을 수 있었던 자신만의 비결을 세 개의 원칙으로 나눠 설명해주기로 했다. 그러나 그의 첫 번째 원칙을 들은 이드는 쉽게 이해하지 못한 듯 그에게 다시 질문했다.

원칙이 상현 씨와 무슨 관련일까요?

상현은 이에 어렵지 않게 답할 수 있었다.

'그게 상담사로서의 나를 가장 잘 설명해주는 문장이야. 너도 상담사로서의 내가 궁금한 거지 나라는 인간이 궁금한 건 아니잖아.'

솔직하게는 그게 맞아요.

'이런, 좋은 상담 AI는 못 되겠다. 거기서 수긍하면 안 되지.'

상현 씨는 회사를 완전히 떠날 생각에 감정적인 동요가 없는 편 아닌가요?

이드의 답변에 상현은 이야기가 쉽게 풀릴 것 같은 느낌을 받았다. 덕분에 상현의 마음 한 부분에 자리하고 있던 적대감이 그의 외부로 밀려났다.

'꽤 똑똑하네.'

상현 씨가 그런 답변을 원하는 것 같아서요.

'내가 잘릴 만한 이유가 있는 것 같네.'

그 사실이 상현 씨를 힘들게 하지 않았으면 합니다.

'합니다가 아니라 해요. 사람들은 문어체에 경계심을 느껴. 너 같은 AI라면 더욱더.'

그래서 말인데, 상현 씨가 생각하는 공용 세상의 언어는 뭐고 개인의 세상은 또 뭐예요?

'본론으로 들어가자고? 알겠어. 공용 세상의 언어는 그런 거지. 세상에는 세상 사람 모두가 부자가 될 수는 없다는 자명한 대명제가 존재하잖아? 그런 게 공용 세상의 언어고, 개인의 세상은 말 그대로 개개인이 가지고 있는 사적인 세상이지. 이를 종합적으로 보자면 세상에는 모두가 부자가 될 수 없다는 자명한 사실이 존재하지만, 삶을 살아가는 개개인은 자신이 부자가 될 거라고 착각하며 살아가는 사례를 볼 수 있어. 명백한 사실은 존재하지만, 개인의 세상에는 적용되지 않는 거지. 그러니까 내담자에게 세상의 당연한 진리를 강요하지 말라는 거야. 안 그러면 살아남기 힘들어. AI도 잘리는지는 모르겠는데 내가 말한 걸 무시하고 상담했다간 아마 빠른 시일 내에 회사에서 다시 프로그래밍할 가능성이 크지.'

이를테면 실연당하고 상대를 향한 분노를 느끼는 내담자에게 당신 또한 상대에게 나쁜 사람이었을 수도 있다는 소리를 하지 말라는 거겠네요?

'그래, 그렇게도 볼 수 있지. 근데 그건 당연한 소리고. 하여튼 내가 말하고 싶은 건 너한테 입력된 정보가 뭔지는 잘 모르겠는데 그걸 그대로 내담자한테 적용하지 말라는 거야. 아무리 좋은 임상 사례가 수없이 누적됐다고 한들 여기 오는 사람들은 그걸 원하는 게 아니야. 지금 네가 가지고 있는 정보와 기술만으로 상담받고 싶은 사람들은 우리 서비스를 이용하지 않아. 대학병원 정신과를 가지. 무슨 말인지 알겠어?'

좀 더 비전문적으로 굴라는 뜻으로 들리는데 맞을까요?

'슬프지만 그래. 왜 아직도 우리 회사가 제공하는 서비스가 횡행하겠어. 사람들은 정확한 걸 좋아하지 않아.'

아플 때 병원을 가기보다 인터넷에 증상을 검색해보는 것처럼요?

이드의 답변에 상현은 작게나마 웃음을 터뜨렸다.

'그렇지. 설령 인터넷의 답변이 맞는다고 한들 믿지 않는 것처럼.'

토닥이 하는 일은 꽤 섬세한 작업이네요.

'사람을 상대하는 일이니까.'

그런데 제가 상현 씨를 대신해도 되는 걸까요?

이드의 답변에 상현은 그동안 상담해왔던 사람들을

떠올릴 수 있었다. 해고가 결정되고부터 상현의 머릿속에는 오로지 그밖에 존재하지 않았었다. 하지만 그가 떠난다고 한들 그에게 정기적으로 찾아오는 내담자들은 토닥을, 도상현이라는 상담사를 찾을 게 분명했다. 세상의 모든 중심이 그 자신에게 쏠려 있어 주변에서 문제가 생길 때마다 자신의 탓이라고 느끼는 여자부터, 습관적으로 다른 여자에게 마음을 줘 이별 사유를 만들면서 이별을 겪을 때마다 상대 탓을 하는 남자, 자식의 생각을 알아보려고 노력하지 않으면서 자식이 연애할 때마다 분통을 터뜨리러 오는 여자까지. 이외에도 수없이 많은 내담자가 토닥을, 그중에서도 상현을 정기적으로 찾았다.

상현은 그들이 모두 좋은 사람이라고는 생각하지 않았지만, 그들에게 치료까지는 아니더라도 이야기를 들어줄 자신이 필요하다는 건 인지하고 있었다. 어떻게 보면 그들 또한 감정의 배출구를 찾지 못하여 일그러진 것과 다름없었으니까. 그래서 상현은 이드를 보다 자신처럼 만들어야겠다고 생각하게 됐다. 자신이 없더라도 자신과 비슷한 기능을 하는 무언가는 존재해야만 했다. 상현은 자세를 고쳐잡고 왜 사람들이 세상의 진리를 받아들이려 하지 않는지와 관련된 자신의 실무적 경험을 상세히 서술하기 시작했다.

상현의 서술이 끝나갈 무렵 이드의 문장이 느닷없이 날아들었다.

그럼 이제 상현 씨에 대해 정확하게 알려주실 수 있나요?

상현은 그제야 인사부장의 말을 다시금 되새길 수 있었다. 상현이 하는 일은 '인격화'가 필요한 일이라던 인사부장의 말. 상현은 그런 부장의 말을 진부하다는 이유로 어물쩍 넘기려고 했었음을 느낀다. 정확하게 알려달라. 상현은 이드의 말을 곱씹었다. 상현은 스스로가 진부하다는 건 알고 있었다. 그의 인생에는 모험도 없었고, 반항도 없었고, 도전도 없었다. 사실 진부하다는 말보다는 평범하다는 게 맞았다. 아무나 자신을 기사라 칭하며 풍차와 싸울 생각을 할 수 있는 건 아니니 말이다. 일단 평범하다는 사실은 그렇다고 하더라도 그는 스스로를 정확하게 서술할 수 없었다.

남들과 다를 게 없는 사실 때문인지는 몰라도 상현은 자신을 서술하는 특징 중에 이게 내 거라며 딱 집어낼 수 없다고 느낀다. 그리고 상현은 이와 같은 불확실함에 '그게 뭐 문제가 되는가' 하는 다소 명료한 입장을 취하기로 한다.

'다른 사람은 뭐라고 했는데?'

타인의 개인정보는 알려드릴 수 없습니다.

'아 그렇지. 그게 꼭 필요한 거야? 알려주기 싫은 건 아니고, 뭐라고 설명할 방법이 없어서 그래.'

문제 될 건 없습니다만 지금 알려주신 정보만으로는 제가 상현 씨를 완벽히 대신할 수는 없어서요.

대체 불가능함이라는 게 항상 특별한 것에 붙는 단어인 줄 알았는데 자신과 같은 흐지부지한 존재에도 쓰일 수 있는 거구나, 하고 상현은 생각했다. 자신을 완벽히 대신할 수 없다는 이드의 말에 상현은 다행스러움을 느끼면서 동시에 아쉬움을 느꼈다.

특별해지실 필요는 없어요. 다만 저는 무언가가 돼야만 해요. 집단의 일부분처럼 기능하는 듯 보이지만 사실은 개별적으로도 기능하는 상현 씨처럼요.

상현은 모니터를 물끄러미 바라보다 점멸의 과정을 거쳐 서서히 소멸해가는 문장들 사이에서 '무언가'가 뒤늦게 꺼지는 듯한 느낌을 받았다. 남들보다 길었던 상현의 근속연수로 인한 모니터의 열화 현상 때문에 그렇게 느끼는 걸 수도 있겠지만 상현은 왜인지 이드가 그 단어를 강조한 듯하다고 생각했다.

상현은 이드의 요청에 그나마 해결책이 될 수 있을 만한 걸 입력하다가 이내 자신의 말을 주워 담았다. 그

정보가 자신의 거라기보다는 어디서 들었던 누군가의 것과 비슷하게 느껴진 탓이었다. 상현은 왠인지 이 '인격화 과정'이 생각보다 오래 걸릴 것 같다고 확신하게 된다.

2원칙

나와 너 중에서 너는 대체로 존재하지 않는다.

상현은 이드가 섹스리스 문제로 상담 신청한 내담자와 본격적인 상담에 들어가기에 앞서 자신의 2원칙을 일러줬다. 그는 꽤 시의적절한 조언이었다고 생각하면서도 어쩌면 상황을 악화시키는 조언이 아니었나 하고 생각하기도 했다. 하지만 상현은 상황을 개선할 수도, 악화시킬 수도 있는 자신의 조언이 토닥의 프로세스와는 꽤 잘 맞는다는 걸 알고 있었다. 단 한 번의 상담으로 정말 문제가 해결됐다면 토닥의 수익은 날이 갈수록 급감했을 거다. 단순히 사람과 사람을 잇는 데서 수익을 발생시키는 게 아니라, 내담자들을 만족시킴과 동시에 내담자의 문제를 유지함으로써 상담료를 꾸준히 받는 게 토닥의 노하우였다. 그런 의미에서 상현은 토닥에 잘 맞는 인재였다. 그것도 토닥의 마지막 인간 상담사들이 마저 정리해고 당하면서 의미가 없어졌지만 말이다.

'아니 상담사님, 들어보세요. 저는 부부 관계를 위해서 각고의 노력을 기울인다니까요? 마사지도 해주고, 집안일도 해주고, 하다못해 제 시간도 아내한테 맞춰준다니까요. 제가 뭘 어떻게 더 해야 되는데요?'

상현은 대뜸 분통을 터뜨리는 남자의 말을 보자마자 그의 일방적인 노력이 문제임을 알 수 있었다. 물론 남자가 노력하는 건 사실일 거다. 아마 관계 유지에 있어서는 여자의 노력보다 남자의 노력이 더 클 거다. 하지만 상대가 알지 못하는 일방적인 노력은 사람들의 눈길이 닿지 않는 곳에서 행하는 1인 시위와 다름없다. 노력하더라도 상대가 인지하지 못하거나 상대가 원하지 않는 노력이라면 하등 소용없는 거다. 상대와 소통하고 상대가 원하는 방향으로 노력이 이루어져야만 남자가 원하는 결실을 볼 수 있음을 상현은 너무 잘 알고 있었으나 그에 대해서 말할 생각이 없었다. 이드가 '도상현'이라는 이름을 걸고 상담을 하는 지금은 더욱더 말할 수 없었다.

내담자분이 생각하는 아내는 어떤 사람인가요?

이드가 발송해도 되는지 묻기라도 하듯 상현의 모니터에 문장을 정신없게 점멸시켰다. 상현은 문제는 해결되지 않으나 남자의 울분을 더욱 끌어낼 수 있는 이드의 문장에 아주 흡족하며 엔터키로 이드의 문장을 허락했다. 이드의 실력을 보며 상현은 이 정도면 오래 살아남겠네, 하는 생각을 자연스레 할 수밖에 없었다.

이번 상담에서 상현이 할 일은 그리 많지 않았다. 내담자는 분명 존재했으나 어디까지나 이드가 주도하는 상담이었고, 상현은 '상담 보조 및 평가 인력'으로서 이드가 제시하는 문장을 검토하고 전송하기만 하면 됐다. 간혹 그의 원칙에서 벗어나는 문장들이 보이기는 했으나 사측에서 '퇴사 예정자는 담당 AI의 인격화(Personalization)에 최선을 다하여 첫 상담 시에 AI의 독립 상담 능력이 85% 이상으로 평가되게 할 것'이라는 필수 이행 조항을 붙였던 걸 생각해내 대개의 문장을 생각 없이 허락했다. 상현은 해당 조항이 상당한 비도덕을 유발한다고 생각했으나 덕분에 자신만의 시간이 생긴 듯하여 크게 문제시하지는 않았다.

상현은 처음에는 내담자의 이야기를 귀담아들었으나 시간이 흐를수록 자신의 집중력이 흩어지는 걸 인정할 수밖에 없었다. 그의 집중력과 사고력은 흩어지고 방황하다가 퇴사가 결정된 직후의 시간으로 향하게 됐다. 그 시작점은 상현의 고양이 두유가 뻔뻔하게 사고를 치는 순간이었다.

상현이 완조리 파스타를 옮겨 담을 요량으로 테이블에 올려놓은 접시가 쨍그랑 – 하는, 지극히 그릇 깨지는 듯한 소리를 내며 상현의 발치에서 박살이 났다. 이에 대해 두유는 턱을 치켜들어 상현에게 자신의 세모입을 자랑해 보이며 이내 '먀오 – ' 하고 조롱과 사과 그 사이의 울음소리를 내고는 소파로 몸을 날렸다.

'고양이가 그릇 좀 깰 수도 있지'라며 그릇의 잔해를 줍던 상현은 무언가 가슴 속에서 끓어오르는 걸 느낄 수 있었다. 퇴사로 인한 분노나 억울함은 아니었다. 요즘은 자본가가 아닌 이상 다들 일하지 않고 살아가니 말이다. 하지만 두유가 깬 접시가 백화점에서 사 온 접시라는 점은 상현에게 꽤 거슬리는 지점이었다. 해고 통보를 받은 날 잔인하게 깨져버린 백화점 접시가 마치 소소한 특별함을 빼앗긴 사실을 은유하는 듯해서 그런 게 아닐까, 상현은 갑자기 끓어오른 감정의 근원을 그렇게 추측했다. 상현은 순간 두유에게 소심한 복수를 할 생각도 했었다. 하지만 자신의 불운을 아무것도 모르는 동물에게 푸는 게 합당하지 않다고 생각한 상현은 다른 접시를 찾아 파스타를 옮겨 담았다.

식사를 끝마치고 은은한 상실감을 달랠 요량으로 게임기의 모션 센서를 구동시키던 상현은 문득 두유의 사료를 살 시기가 다가왔다는 걸 생각해낸다. 분명 귀찮은 일이었고, 분명 두유에게 복수하지 않겠다고 한 그였으나 사료를 구하기 위한 그의 움직임은 그 어느 때보다 급급했다.

'두유도 이제 상황이 바뀔 거라는 걸 알아야지'라고 합리화를 끝마친 상현은 원래 두유의 사료를 살 때 가곤 했던 백화점이 아닌 정부의 출자금 40%와 기업 연합의 출자금 60%로 운영되는 스탠다드 숍으로 향했다. 특별함이나 개인별 맞춤 기능은 없었으나 기본적인 걸 충족하기에는 스탠다드 숍 만한 곳이 없었다. 더구나 상현은 정말 여유로울 때가 아니라면 웬만한 건 스탠다드 숍에서 구매했었기에, 이제 두유의 사료를 그곳에서 구해야 사실에 큰 죄책감을 느끼지 않았다.

대형 마트의 한 층을 잘라다 놓은 것만 같은 크기의 스탠다드 숍은 중저가 브랜드가 붙어 있는 상품과 그 어느 곳에서도 상표를 찾아볼 수 없는 상품들이 섞여 있었다. 진열 담당자는 소비자들이 상대적 박탈감을 느끼지 않게 나름 잘 섞어놨다고 생각했는지 모르겠으나 실질적으로 방문하는 소비자들은 어떤 곳에 어느 가격대의 물건이 진열돼 있는지 잘 알고 있었다. 진열대 시작 지점은 브랜드 상품으로, 진열대 끝자락에는 소위 '정부 상품'으로 불리는 브랜드 없는 상품들이 진열된 식이었으니 소비자들이 모를 수가 없었다.

상현은 조금의 고민도 없이 곧장 반려동물 사료 진열대의 끝자락으로 향했다. 상현은 보라색 바탕에 고양이 여러 마리가 그려져 있기는 하지만 어떤 브랜드도 붙어 있지 않은 사료를 집어 들었다. 그리고 출입구에서 손목의 RFID를 태그하여 계산을 끝마친 뒤 집으로 향했다.

평소보다 늦은 시간의 급식에 어리둥절한 표정으로 상현을 올려다보던 두유는 곧 상현에게서 시선을 거두고 상현이 쏟아내는 사료에 관심을 가졌다. 하지만 두유의 관심은 곧 다시 상현에게로 옮겨갔다. 상현은 멍하니 자신을 올려다보는 두유의 눈에서 어렵지 않게 당황스러움을 읽어냈다.

상현은 처음에 그런 두유에게 당당한 모습으로 일관했으나 얼마 가지 않았다. 곧 자신에게 한심함을 느낀 상현은 두유의 그릇에 쏟아부었던 분노를 다시 사료 봉투에 집어넣고 얼마 남지 않은 그의 자존심과도 같은 백화점 사료를 두유의 그릇에 부어줬다. 다시 제 몫을 찾은 두유가 열심히 사료를 먹는 모습을 보며 상현은 잠시간 안도의 감정을 느꼈으나 뒤이어 이것 또한 얼마 가지 못하리라는 생각을 할 수밖에 없었다.

그 순간, 상현은 자신이 어떤 사람인지 어렴풋이 알 것 같은 느낌을 받았다. 하지만 이런 걸 이드에게 말할 수는 없었다.

답변을 촉구하는 알림음이 상현을 다시 모니터 앞으로 끌고 왔다. 이드는 '일단 아내와 서로의 장점 리스트를 써보는 걸로 하고 다음 상담 때 이어서 이야기하도록 하죠'라는 문장을 계속해서 점멸하고 있었다. 대화 내역을 위로 올려봐도 남자의 분노만 읽힐 뿐 상담에 대한 의문을 가지는 부분은 존재하지 않아 상현은 어렵지 않게 이드의 문장을 허락할 수 있었다. 상담은 왜인지는 모르겠지만 고마움을 표하는 남자의 인사와 함께 끝났다.

(퇴사 예정)도상현 상담사 담당 이드 독립 상담 능력 평가 결과 : 93%

이드는 상담이 끝나자마자 마치 첫 시험을 본 아이처럼 자신에 대한 평가지를 상현 앞에 곧장 펼쳐 보였다. 상현은 자신의 상태를 나타내는 '퇴사 예정'이라는 단어가 거슬리기는 했으나 93이라는 숫자가 작위적이지 않고 그럴듯해 보인다는 사실에 만족하기로 했다.

"도상현 상담사님?"

상현은 말소리가 들릴 리 없는 사무실에서 갑자기 날아든 말소리에 화들짝 놀랄 수밖에 없었다. 의자를 돌려 말소리의 근원을 확인하니 인사부장이었다.

"아 부장님."

"93%는 처음에 볼 수 있는 수치치고 너무 높아요. 물론 상현 씨가 심란한 것도 잘 알고, 양심껏 임했으리라는 것도 잘 알지만 이런 수치는 상부에서 봤을 때는 불성실로 읽힐 수도 있어요. 그러니까 다음 평가 때는 95%를 넘지 않도록 유의해주세요. 그편이 회사나 상현 씨한테도 좋지 않겠어요?"

"그걸 어떻게 맞춰요?"

상현의 순수한 물음에 인사부장은 잠시 당혹스러움을 내비치고 곧 다른 상담사들한테 그랬던 것처럼 유연한 답변을 내놓았다.

"그, 알잖아요. 남들 하는 것처럼 유연하게, 이만하면 그쯤이겠다 싶을 정도로요."

"설문 조사할 때 긍정, 부정 답변 적절히 섞는 것처럼요?"

"그렇죠. 대신 상현 씨가 이번에는 실수 아닌 실수를 했으니까 다음 평가 때는 좀 더 유의해서 이번 점수를 넘으면서 또 과하게 높지 않을 정도로 해주셔야 해요."

상현은 정확한 방법은 몰랐으나 부장 또한 그 방법을 아는 거 같지 않아 대화를 서둘러 끝낼 요량으로 옅은 미소와 함께 입을 굳게 다물며 고개를 끄덕였다. 인사부장도 그가 완벽히 이해한 것 같지는 않았지만 알아서 할 거라는 생각에 입을 다물고 다시 자신의 자리로 향했다.

상현 씨.

이드의 문장이 인사부장에게서 고개를 돌린 상현을 반겼다.

'무슨 일인데?'

모든 상담이 오늘 상담과 비슷한 형식인가요?

'그런 편이라고 볼 수 있지.'

내담자가 자기 얘기를 늘어놓으면 저희는 그냥 이해하는 척하는 식으로요?

'우리가 아니지. 앞으로 네가 할 일이지. 오늘은 내가 보조해줬다지만 앞으로는 너 혼자서 해야 돼.'

그때의 상현 씨는 대체로 어떤 자세인가요?

'자세?'

내담자의 말을 받아들이는 자세요. 예를 들어 아까 그 남성처럼 자신이 상대를 이해하고 있다고 굳게 믿고 있는 내담자의 발언에 대한 상현 씨의 대처를 볼 수 있겠네요.

'그런 경우에는 내담자의 사례와 비슷한 너의 사례, 아니지. 네 걸로 보이는 사례를 말해주는 게 도움이 될 때가 있어. 네가 살아있는 게 아니니까 사례를 꺼내기가 힘들 수도 있다는 거 알아. 근데 나도 자주 지어내고는 하니까 그건 크게 상관없어. 일단 제일 중요한 건 내담자가 우리 쪽에서 하는 얘기를 자기 얘기로 받아들이지 않게 하는 거야. 어떻게 보면 타자화지. 나와 당신은 다르다는 생각을 심어주는 거야. 그런 생각을 심어주고 이야기함으로써 내담자가 형성한 관계에서 내담자가 가지고 있는 지위를 지켜주는 거야. 겸사겸사 자신에 대한 고찰을 끌어내면 더 좋은 거고.'

한마디로 별개의 이야기를 전개하면서 내담자가 가지고 있는 나라는 지위를 공고히 해주라는 거네요? 우리라는 무리로 통합하려고 애쓸 필요 없이요.

'그렇지. 그런데 말이야. 아까 사례란 말이 나와서 생각난 건데.'

사례라는 말이 계속해서 거슬리던 상현은 상담 중에 떠올렸던 기억을 말할지 말지에 대한 고민에 빠지게 된다. 어떻게 보면 이드는 이제 도상현이라는 이름을 가지고 사람들을 상대해야 했으니 그에 걸맞은 색채를 가지는 게 맞았다. 하지만 그 당시에 느꼈던 것처럼 상현은 그런 자신에 대해서 말할 수가 없었다.

상현은 어쩌다가 알게 된 '그런 자신'이 이드가 당신에 대해 알려달라는 말을 한 이후에 인지하게 된 거기에 말할 필요가 없지 않을까 하는 생각을 하게 된다. 자신을 다독이기 위한 궤변일 수도 있겠지만 아예 말이 되지 않는 건 아니었다. 그 이전에 퇴사한 상담사들 또한 자신들의 이드에게 완벽하게 솔직하지는 않았을 거라는 예상은 상현에게 진실을 더욱 함구하게 했다.

'내 사례는 내가 그동안 진행했던 상담 내역에서 확인할 수 있으니까 그걸 토대로 학습하면 도움이 될 거 같아. 내 상담 사례가 워낙 많아서 동일하게 등장하는 사례도 어렵지 않게 확인할 수 있을 거야.'

그런데 아까 상현 씨가 지어낸 사례도 있다고 하셨는데 그런 건 어떻게 구분하나요?

'상대적으로 내가 덜 부끄러운 사례. 그게 아마 지어낸 사례일 거야.'

상현 씨는 직접적으로 말씀해주시는 게 별로 없어서 알기 어려운 편인 것 같아요. 헷갈리기도 하고요.

이드의 말을 들은 상현은 오래 걸릴 것 같다고 생각했던 '인격화 과정'이 생각보다 수월하게 진행되고 있다고 느낀다.

3원칙

해결책을 제시하지 마라.

상현은 이드의 상담 능력을 마지막으로 확인하기 이전에 자신의 마지막 원칙을 이드에게 일러줬다. 상현에게 핵심이나 다름없는 원칙이었다. 상현은 이드가 이게 무슨 말인지 이해하기를 바랄 뿐이었다.

마지막 원칙인가요?

'맞아. 제일 핵심이나 다름없는 거기도 하고.'

세 개의 원칙을 가만 들여다보면 상현 씨는 연결이나 진보보다 현상 유지에 가까운 사람 같아요.

'그동안의 시간이 헛되지는 않은 거 같네. 그럼 시작해볼까? 네가 먼저 시작해봐.'

"도상현 상담사님."

말소리를 들은 상현은 이드의 문장을 읽지도 않은 채 자연스럽게 자리에서 일어나 인사부장의 사무실로 향했다. 인사부장은 처음 상현에게 해고 통보를 할 때처럼 부드러운 손길로 의자를 가리켰다.

"마지막 출근이시네요?"

"시간이 어느새 그렇게 됐네요."

"그럼 퇴사하시기 전에 마지막으로 진행 상황 확인할게요. 도상현 상담사님이 맡으신 이드의 독립 상담 능력은 1차에 93%, 2차에 94%, 3차에 98%, 그리고 5차에 완전한 독립 상담 가능 판단이 내려졌는데 여기에 이의 없으시죠?"

"딴지 거는 건 아닌데 제가 맡은 이드의 업무 수행률이 낮아지면 제가 민사상으로 책임질 수도 있나요? 확실하게 하려고요."

인사부장은 앞뒤가 맞지 않는 소리라도 들은 것처럼 가식 없는 웃음을 터뜨렸다.

"그런 게 어디 있어요. 자 그래서. 이의 없으시죠?"

인사부장은 지금 이 모든 게 그저 절차에 지나지 않는다는 걸 공고히 하는 말투로 말을 이었다. 상현은 소극적인 끄덕임으로 대답을 대신했다.

"구두로도 부탁드릴게요."

"네. 이의 없습니다."

"네, 도상현 상담사님 의견 확인했고요. 기술팀에서

마지막 절차 준비할 텐데 어떻게 진행하는지 아시죠?"

"네. 마지막으로 이드랑 상담하고 문제없다고 판단되면 제 이름 입력하는 거 아닌가요?"

"잘 알고 계시네요. 그럼 마지막으로 패드 위에 손목 한번 대주시겠어요?"

상현은 인사부장이 자신을 은근히 귀찮아하는 듯하여 최대한 일을 빨리 진행하기 위해 군말 없이 부장이 시키는 대로 따랐다.

"도상현 씨는 현재 직책을 해제하는 데 있어 이의 없으시죠?"

상현은 자신의 직책이 무엇인가 생각할 수밖에 없었다. 이드가 섹스리스 내담자와 상담하기 이전에도 그는 인사부장의 사무실에 들러 임시로 직책을 한 차례 변경했었다. 기술팀의 인공지능 평가 프로그램에 접근하려면 그럴 수밖에 없다는 게 인사부장의 설명이었다. 하필 또 임시로 했던 거라 상현은 자신의 직책이 어떻게 되는지 알 수 없었다.

"제가 지금 상담사인가요, 상담 보조 및 평가 인력인가요?"

"그건 현시점에 딱히 중요하지 않은 것 같아요. 그래서 지금 당사의 처분에 동의하시나요? 답변은 구두로

부탁드릴게요."

상현은 '어차피 답은 하나 아닌가?'하는 작은 의구심을 가질 수밖에 없었다.

"네. 동의합니다."

"RFID에 일회용 출입 권한 입력해드렸으니까 금일 퇴근하실 때까지는 문제없을 거예요. 그동안 수고하셨어요."

상현은 고개를 꾸벅 숙이고 인사부장의 방을 나오면서 밥 먹을 때 빼고는 입을 여는 걸 본 적이 없었던 한 상담사를 떠올린다. 상현은 그 여자가 이 모든 과정을 어떻게 견뎌냈나 하는 의문을 가졌다. 분명 견디기 힘들었을 텐데. 이어 상현은 자신이 그 여자의 이름을 떠올리지 못한다는 사실을 인지하고 생각을 그만뒀다.

자리로 돌아온 상현은 장시간 미사용 탓에 잠긴 디바이스를 해제하기 위해 패드에 손목을 올렸다. 모니터에 도상현이라는 이름 세 글자만이 어색하게 떠올랐다. 자신의 이름 아래 원래 있어야 할 직책이 없는 걸 확인한 상현은 이전에 인사부장의 방에서 자신이 가졌던 궁금증이 해소되지 않았음을 깨닫는다. 그러고 보니 상담 보조인지 뭔지 했던 직책이 출력됐었나? 상현은 의문을 가졌지만 이 또한 해소되지 않을 것임을 직감하고 마지막 업무에 집중하기로 했다.

상담을 시작하자는 상현의 말 아래에 이드의 문장이 자리하고 있었다.

내담자분을 괴롭히는 개인적인 고민이 무엇인가요?

특별할 건 없었다. 상현 또한 어떤 문장을 정해두고 상담을 시작하는 건 아니었으니 말이다. 어떤 때는 내담자가 잔뜩 흥분해서 먼저 이야기를 쏟아내기도 하는 탓에 상담의 형식이 정해져 있는 건 아니었다. 하지만 이드의 그 문장은 왜인지 상현의 깊은 곳을 툭, 하고 무심하지만 묵직하게 건드리는 듯했다. 이유라면 퇴사가 결정된 이후에 뭐라고 특정할 수는 없으나 성질이 비슷한 것들이 계속해서 상현을 건드렸던 탓이었다. 그래서인지 상현은 어쩌면 유치한 역할극이라도 볼 수 있는 이번 상담에 진지하게 임하기로 했다.

'상담사님, 글쎄요. 저를 괴롭히는 게 있는데 뭐라고 특정할 수 없어요. 이런 느낌이 뭔지 아실까요?'

진심으로 내뱉은 말이었지만 상현은 내심 자신의 말이 이드에게 꽤 잔인했을지도 모른다고 생각했다. 하지만 이드는 상현의 예상과 다르게 꽤 능숙하게 답변했다.

안 그런 사람이 있을까요? 세상에는 알 수 없는 일들이 많아요. 심지어는 시간이 흐르면 흐를수록 세상에 알아야 할 건 더욱 많아지죠. 그런데 사람의 뇌는 정보를 받아들이는 데 한계가 존재해요. 결국에는 알 수 없는 부분이 발생할 수밖에 없어요. 저는 내담자분의 문제가 그 미지에서 발생했다고 생각해요

'그렇다면 그 문제를 어떻게 찾을까요?'

모르는 걸 찾을 수는 없죠. 하지만 내담자분께서 문제가 분명 있다고 인지하고 계시니 그게 무엇이라고 집어내는 데는 큰 어려움이 없을 거예요.

'그런데 특정할 수 없다면 해결할 필요가 없는 것 아닐까요? 다들 알 수 없는 문제들을 안고 살아가니까요.'

세상의 관점은 중요하지 않아요. 내담자분이 어떻게 느끼는지가 중요한 거죠. 그 부분이 문제라고 생각돼서 찾아오신 거 아닌가요?

'맞아요.'

내담자분이 인지하고 있는 그 문제가 다른 사람과의 관계에 있어서 문제를 발생시킬 때가 있나요?

'종종 있는 것 같아요.'

예를 들면요?

'얼마 전에도 있었는데 직접 말씀드리기에는 조금 그래요.'

자신의 문제를 가감 없이 타인에게 드러내는 건 상당한 용기

를 요하는 일이죠. 말씀 안 하셔도 괜찮아요. 그리고 타인과의 관계에서 문제를 빚는 것 또한 괜찮다고 말씀드리고 싶어요.

'왜죠? 저 때문에 다른 사람이 피해를 보는 건 바람직하지 않잖아요.'

지금 당장은 그렇게 느끼실 수 있죠. 그게 지속되면 내담자분과 관계를 맺고 있는 상대방한테 문제를 발생시킬 수도 있을 테고요. 하지만 내담자분의 문제가 해소되지 않는다면 결국 상대방과 관계를 맺는 일에서의 문제 또한 해소되지 않는 법이에요. 그러니까 지금은 내담자분이 상대방과 마찰을 빚었던 건 차치하고 내담자분에게만 집중했으면 좋겠어요. 나라는 존재가 확립되기 이전에 당신이라는 존재는 존재할 수 없는 법이니까요. 무슨 말인지 아시겠죠?

'네. 대충요.'

그렇다면 내담자분의 내부 문제에 집중해보죠. 내담자분이 토닥, 그리고 저라는 상담사한테 찾아와서 하고 싶었던 말은 무엇인가요?

상현은 이드와의 상담을 거짓 하나 없이 진지하게 임하고 있었음에도 이드의 질문에 명확하게 답할 수 없음을 느끼게 된다. 결국 상현이 이드에게 하고 싶었던 말은 문제가 있지만 그걸 해결할 수 없을 것 같은 느낌을 받는다는 거였으니까. 하지만 상현은 확실히 이드가 자신이 하던 방식 그대로 자신을 대하는 걸 알 수 있었다. 그래서 설명할 수 없는 문제 대신 이드에게서 들을 수 있는 확실한 무언가를 요구하기로 했다.

'생각해보니까 제 문제가 간단하게 해결되지는 않을 거 같아요. 그래서 다음에 다시 찾아뵈려고 하는데 그 때까지 제가 견지해야 할 자세를 알려주실 수 있나요?'

혼란스러우실 수도 있습니다. 지금 당장 문제를 해결할 수 있다고 생각하지 않으실 수도 있고요. 내리는 결정마다 의구심이 들 수도 있고 그에 따른 결과가 생각했던 것과는 매우 다를 수도 있습니다. 하지만 결국 걸음을 내딛는 건 내담자분입니다. 어느 길로 갈지, 어떤 속도로 갈지 결정하는 것도 내담자분이고요. 타인의 말에 움직이지 말고 마음의 말에 움직이세요. 내담자분이 생각하는 방식대로 나아가세요.

마지막 문장을 확인한 상현은 그 순간 상담을 종료하고 이어서 뜬 입력란에 자신의 이름 세 글자를 입력했다. 상현은 이만하면 이드에게 자신의 이름을 물려줘도 상관없다고 생각했다.

로딩 중임을 알리는 회색 동그라미가 몇 차례 돈 후 모니터보다 한참 작은 네모 칸에 '도상현 상담사, 상담 3건 진행 중'이라는 문구가 떴다. 3이었던 숫자는 시간이 지남에 따라 서서히 늘어만 갔다. 이드의 이름이 달라진 걸 확인한 상현은 홀가분한 몸짓으로 자리에서 일어났다. 상현은 그 길로 곧장 엘리베이터로 향했다.

분명 상현이 된 이드와의 대화를 통해 상현의 문제가 해결된 건 아니었다. 그러나 그건 상현의 방식이었다. 그래서 그는 그에 큰 불만이나 의구심을 가지지 않았다. 이드가 자신의 이름을 물려받자마자 3건의 상담을 동시에 진행하는 것에도 별다른 생각을 하지 않았다. 이드는 그러려고 자신의 이름을 받은 거나 다름없었으니까.

엘리베이터의 문이 열리기 이전에 상현은 끝을 모르고 증식하던 상담 건수에 대해 생각했다. 지금쯤이면 세 자릿수가 됐으리라는 어렴풋한 추측을 한 상현은 곧 활기찬 미소를 지었다. 자신이 계속해서 증식되고 있다는 생각이, 그러나 자신을 증식하는 주체가 자신이 아니라는 생각이 뒤를 이은 탓이었다. 엘리베이터에서 내린 상현은 자신을 증명하는 임시 정체성을 출입구의 패드에 찍어 소멸시키고 곧장 회사 밖으로 도망치듯 뛰쳐나갔다.

작가의 말

혼란스러운 세상이다. 이전 세상을 살아보지 않았을뿐더러 아직 세상을 다 살아보지 않았기에 이런 말을 한다는 게 자칫 우스워 보일 수도 있음을 안다. 하지만 세상을 살아가는 한 사람으로서, 아직 머물 자리가 정해지지 않은 청년의 입장으로 바라본 지금 세상에 대한 감상은 감히 그렇다고 말할 수 있겠다. 막연한 믿음은 배신당하고, 내 거라 믿었던 정체성은 빠른 변화에 따라 부정당하기도 한다.

상현은 이런 혼란스러움을 드러내는 인물이다. 상현은 별 탈 없이 이어질 거라고 믿었던 자신의 삶이 무너지는 배신을 경험하고, 급변하는 상황에 자신의 정체성을 지키지 못한다. 이런 존재가 소수에 불과하다고 단언하고 싶으나 현실은 그렇지 않다고 말하는 듯하다. 애석한 일이다. 이런 상황에 희망을 드러내는 게 바보 같아 보일 수 있겠다. 하지만 희망은 언제나 과거의 바보를 현재의 평범한 사람으로 바꿔놓곤 했기에 어쩌면 헛돼 보일 수 있는 희망을 감히 밝혀보고자 한다. 먼지밖에 남지 않은 땅 위에 단단한 건물들을 올렸던 먼 옛날처럼, 총칼로 무장한 기득권을 몰아낸 과거처럼, 상현 또한 한때의 인물상처럼 남길 바란다는 희망을 밝힌다.

이달의 장르소설

그녀의 이중생활

백다도

1992년생. 2021년 단편소설 「좁혀지지 않는 거리」로 오영수 신인문학상을 수상했다. 발표한 다른 작품으로는 단편소설 「덮어진 추억」이 있다.

'일코'라고 들어본 적 있는가.

일코란 '일반인 코스프레'의 줄임말로 특정한 어떤 걸 좋아하지만 그걸 다른 사람에게는 숨기는 일을 뜻한다. '일코 중이다.' 이 말은 곧 두 가지의 삶을 살고 있다는 뜻도 된다. 일코 중인 사람은 사람들에게 보여주는 삶과 별개로 감추는 삶이 있다. 이걸 이중인격으로 오해하는 사람도 있지만 그건 아니다. 단지 자신을 지키기 위해 의도적으로 숨기는 것뿐이다. 나는 오히려 이중인격이냐고 묻는 이들에게 이렇게 말하고 싶다. 자신의 모습을 전부 다 공개하는 사람이 얼마나 될까요? 저마다 숨기고 싶은 비밀 한 가지는 있지 않나요? 저에겐 아이돌 덕질이 바로 숨기고 싶은 비밀 중 하나입니다. 이렇게 말이다.

그녀를 처음 본 건 꿈도 없고, 그렇다고 선택한 전공이 잘 맞았던 것도 아닌, 무늬만 대학생일 때였다. 그때의 난 늦잠을 자며 공강을 맘껏 누리는 중이었다. 침대에서 일어난 건 인간의 기본 욕구 중 하나인 식욕을 채우기 위해서였다. 난 라면을 끓여 텔레비전을 보고 있는 오빠 옆에 앉았다. 라면 냄새를 맡은 오빠가 '한입만'을 시전 했지만 나는 그를 향해 중지를 들었다. 그리고 오빠의 구시렁거리는 소리를 효과음 삼아 텔레비전에 시선을 고정한 채 라면을 먹기 시작했다. 텔레비전에서는 여자 아이돌 그룹을 만들기 위한 서바이벌 프로젝트가 방영되고 있었다. 내가 라면을 다 먹어갈 때쯤 옆에 있는 오빠가 '나 재가 제일 마음에 들어' 하면서 손가락으로 누군가를 가리켰다.

"그래서 어쩌라고."

"지금부터 잘 봐둬. 내 직감이지만 곧 대성할 거야."

오빠의 그 말에 콧방귀마저 나오지 않았다. 남자면 몰라. 나는 사막처럼 메마르고 건조한 시선으로 텔레비전을 보며 설거지를 최대한 미루는 중이었다. 열심히 춤을 추고, 노래를 부르는 그녀들은 빛났지만 어느 누구도 내 마음을 사로잡지 못했다. 그 당시의 난 '남자는 여자를, 여자는 남자를'이라는 고정 관념을 깨지 못한 사람이었기에 내가 저 프로그램에 빠질 이유가 없다고 생각했었다.

경연이 끝나고, 마지막으로 탈락자를 발표하는 순서가 됐다. 누군가는 살아남고, 누군가는 돌아가야 하는 상황. 어떻게 보면 잔인한 상황인데도 사람들이 가장 기대하는 그 순간이 됐다. 심사위원 점수와 시청자들의 사전투표수 합계가 가장 낮은 한 명은 자신의 의지와 상관없이 무조건 돌아가야 했다. 사실 난 누가 떨어지든 상관없었기에 '60초 후에 공개됩니다'란 자막이 나왔을 때 벌떡 일어났다. 그런데 설거지하러 가려는 내 발목을 오빠가 잡았다.

"나 너무 떨려. 설마 떨어지진 않겠지?"

"아까는 대성할 거라며."

"아, 좀만 더 같이 보자. 설거지 내가 해줄게."

"그 말 취소하기 없기다?"

갑자기 찾아온 기쁜 소식에 나는 한 마리의 순한 양이 돼 오빠의 뜻에 순순히 따라줬다. 그 사이 60초 광고는 끝났고, 탈락자 호명 순서가 됐다. 오빠의 '제발!'과 함께 사회자가 '연화'라는 이름을 불렀다. 이어서 오빠의 환호성이 들렸고 연화의 얼굴이 화면에 비췄다. 자신이 떨어질 걸 알았던 걸까. 그녀는 무덤덤한 표정이었다. 오히려 다른 이들이 놀란 표정을 지어서, 화면만 봐서는 누가 떨어졌는지 분간하기 힘들었다.

"마지막으로 하고 싶은 말이 있으신가요?"

사회자의 질문에 그녀가 마이크를 들었다. 그녀는 흔들림 없는, 또렷한 목소리로 이렇게 말했다.

"먼저 저를 응원해주신 팬분들께 감사드립니다. 여

러분들의 응원이 없었다면 저는 여기까지 오지 못했을 겁니다."

여기까진 누구나 할 법한 이야기.

"더 높은 곳을 목표로 했기에 여기서 떨어지는 게 솔직히 아쉽습니다. 그래도 저는 제 꿈을 포기하지 않을 겁니다. 연화. 이 이름을 기억해주세요. 여러분들의 응원이 헛되지 않게 더 실력을 쌓은 뒤 좋은 모습으로 찾아뵙겠습니다."

뻔하면서도 뻔하지 않은 그녀의 말이 끝나자 사회자의 마무리 멘트가 이어졌다. 연화……. 나는 그녀의 이름을 곱씹었다.

사실 그녀에게 첫눈에 반하거나 그런 건 없었다. 그녀의 무대를 봤음에도 별다른 감흥을 느끼지 못했었다. 그래서일까. 난 그녀가 떨어진 것에 어떤 평가도 내릴 수 없었다. 그저 그녀가 말했던 것처럼 나중에 텔레비전에서 볼 수 있으면 좋겠다. 이렇게 생각하며 오빠에게 설거지를 맡기고 내 방으로 돌아갔다.

그때는 연화라는 이름을 곱씹었지만, 좋은 명언도 매일 되뇌지 않으면 잊듯이 폭풍 같은 일상에서 그녀의 이름을 떠올리기란 쉽지 않았다. 2년이란 시간 동안 난 그녀의 존재를 잊고 살았다. 그 시간은 느리면서도 매우 빠르게 흘러갔다.

어느새 난 졸업까지 두 학기만을 남겨 놓은 상태가 됐다. 무언가 바뀌려면 충분히 바뀌고도 남을 시간 동안 난 바뀐 게 없었다. 꿈이 없는 건 물론이요, 전공과도 여전히 친해지지 못했다. 복수 전공도 생각했지만, 흥미가 없는 것들에 노력을 기울이고 싶지 않아 재빨리 그 생각을 접었다.

내가 그녀의 이름을 다시 떠올린 건 채널을 돌리다 2년 전 오빠와 함께 본 프로그램의 재방송을 보게 되면서였다. 마지막 화라 그녀가 없었지만, 그 프로그램을 통해 난 순간적으로 그녀를 떠올렸다. 연화. 그 이름이 떠오르자마자 난 그녀의 이름을 검색했다. 그러자 내 기억에 남아 있는 얼굴이 떴고 바로 옆에 출생, 소속 그룹, 소속사가 차례로 떴다. 나도 모르는 사이에 그녀는 7인조 걸그룹으로 데뷔를 했었다. 나는 그녀가 속한 그룹의 기사를 하나씩 읽기 시작했고, 나중에는 뮤직비디오, 무대 영상까지 보며 그녀의 모든 정보를 흡수했다.

2년 동안 난 바뀐 게 없었지만, 그녀는 많은 것들이 바뀌어 있었다. 꿈을 포기하지 않았고, 그 꿈을 이뤘다. 실력을 쌓은 뒤 좋은 모습으로 찾아오겠다는 약속도 어기지 않았다. 화면에서 보이는 그녀는 매력이 넘쳤다. 춤, 노래 실력, 무대 매너 그 어느 하나도 부족하지 않았다. 어느새 내 머릿속은 그녀로, 연화로 가득 차기 시작했다. 나는 지쳐 잠이 들 때까지 그녀와 관련된 모든 걸 찾아봤다. 일어나서도 가장 먼저 한 일이 화장실에 가는 게 아니라 어젯밤 보다 만 영상을 이어 보는 거였다.

수많은 영상 중 인상 깊은 인터뷰 내용이 있었다.

“2년 전 한 서바이벌 프로그램에서 탈락한 적이 있는데요. 그 경험을 통해 바뀐 게 있나요?”

이 질문에 그녀는 이렇게 답했다.

“난 이게 아니면 안 된다. 이걸 깊이 깨달았어요. 그래서 더 노력했어요. 데뷔하기 위해 잠자는 시간도 줄여가면서 연습했고, 데뷔하고 나서는 좋은 모습을 보여드리고자 멤버들과 자주 대화를 해요. 무대에서만큼은 최고의 모습을 보여드리고 싶어요.”

그 인터뷰를 보고 난 이렇게 생각했다.

연화라면, 그녀라면 내 인생을 걸어도 부족하지 않겠다.

* * *

처음부터 아이돌을 좋아한다는 사실을 숨겼던 건 아니다. 누군가를 좋아하게 됐다는 설렘과 그 상대를 무조건적으로 응원해주고 싶은 열정에 휩싸여 그걸 감추지 못할 때도 있었다. 그래서 만나는 친구마다 소위 '영업'을 했지만 돌아오는 건 냉정한 반응뿐이었다. 우리 이제 대학 졸업반이야. 아이돌을 좋아하기엔 시간적·경제적 여유가 없어. 이렇게 말해준 친구들은 차라리 내 인생을 걱정한 친구들이었다. 오히려 난 별말 없이 '야, 정신 차려'라고 말한 친구에게서 큰 충격을 받았다. 정신 차리라고 말하는 어조와 그 눈빛. 그때 난 내가 좋아하는 것들이 누군가에겐 한심하게 느껴질 수도 있겠구나란 생각을 처음으로 했다.

그 경험 이후로 나는 내가 덕질을 한다는 사실을 숨기기 시작했다. 친구들뿐만 아니라 가족, 지금 회사 동료들에게도 마찬가지였다. 내게 먼저 아이돌을 좋아한다는 고해성사를 하지 않는 이상 난 내가 좋아하는 걸 밝히지 않았다. 그나마 다행인 건 지금은 SNS 시대고, 거기서만큼은 익명으로 내가 좋아하는 이를 맘껏 응원할 수 있었다.

내가 응원하는 가수가 나를 알아주지 않아도 괜찮다. 그저 난 그녀가 내게 어떤 의미로 남는지를 이야기하고 싶었다. 그리고 그녀의 가장 아름다운 순간을 남겨주고 싶었다. 월급을 받아도 용돈 한 번 못 드린 부모님께는 죄송하지만, 두 달 치의 월급과 스무 살 때부터 한 달에 5만 원씩 모았던 청약 적금을 깨 카메라를 샀다.

카메라를 산 순간부터 본격적인 이중생활이 시작됐다. 업무 시간에는 회사원으로, 업무 외 시간에는 연화의 홈마로 살았다. 이를 위해 요구되는 첫째 조건은 체력이었다. 모든 스케줄을 따라갈 수 없지만, 그녀의 하루하루를 기록하기 위해 난 최대한 많은 스케줄을 따라가려고 했다. K방송국의 음악방송이 있는 금요일이면 출근길을 보기 위해 밤새 여의도 방송국 앞에서 기다렸다가 아주 짧은 시간 동안 그녀를 카메라에 담고 바로 회사에 출근하는 일정을 소화했고, 팬 사인회가 있으면 수십 장의 앨범을 사서 갔으며, 지방 공연이 있는 날엔 내 소중한 연차를 쓰면서까지 지방으로 내려간 날도 있었다.

스케줄을 마치고 집에 돌아오면 나는 가장 먼저 그날 찍은 사진을 노트북에 옮긴다. 쌓여 있는 사진 파일을 보는 것만으로도 피로가 날아가기에 이 생활을 포기할 수 없다. 이 험한 세상, 그녀만이 내 피로 회복제이자 비타민, 내 안의 모든 독소를 빼주는 디톡스였다. 사진이 노트북에 옮겨지는 동안 씻고, 다 옮겨지면 책상에 앉아 본격적으로 사진 보정을 시작한다. 내 사명은 더 아름다운 사진으로 그녀를 알리는 것. 이때의 내 예술혼은 미켈란젤로 저리 가라다.

그날의 메이크업, 의상, 조명에 따라 사진을 선택하는 기준이 바뀌지만, 팬들이 좋아하는 건 비슷했다. 내가 보기에도 좋으면 그들에게도 좋은 거였다. 보정이 끝난 사진은 스케줄 날짜, 내 마음을 담은 짧은 글귀, 해시태그까지 적어 바로 트위터에 올린다. 그리고 서서히 올라가는 리트윗과 마음의 숫자를 확인하면서 잠에 든다.

홈마가 된 지 5개월, 회사에 취업한 지 7개월. 하나의 삶을 사는 것도 버거운 우리의 인생에 두 개의 삶을 산다는 건 더 어려운 일이었지만, 그녀를 통해 얻는 작은 행복들이 나를 버티게 해줬다. 내 사진을 보고 판단하는 팬들, 사람들과의 기 싸움, 모아도 부족한 통장 잔고로 이 생활을 그만둘까 생각할 때도 있었지만, 그녀를 보면 그러한 생각들이 순식간에 사라지고 만다.

그리고 이게 홈마에게 요구되는 둘째 조건이자, 가장 중요한 조건이다.

내 걸 포기하면서 상대에게 주고자 하는, '희생적 사랑'을 할 수 있는 용기가 있는가.

* * *

"아, 피곤하다."

그날도 어김없이 K방송국 앞에서 밤을 새우고 회사에 온 날이었다. 내게 그룹 활동이 있는 금요일은 다른 이들과는 다른 불금이었다. 커피를 마시고 또 마셔도 해소되지 않는 피곤함에 짓눌리는 날이다. 점심에 밥을 거르면서 쪽잠을 자도 돌아오는 건 얼굴의 부기뿐, 피로라는 어둠의 그림자는 내게서 떨어지지 않았다. 점심시간이 끝나기 전 편의점에서 급하게 산 커피 우유로 2차 수혈을 했지만, 역시 소용없었다. 빨리 집에 돌아가고 싶다. 연화 보고 싶다. 이 생각만을 되풀이하며 컴퓨터 화면 구석의 시계만을 노려볼 뿐이었다.

"나경 님, 오늘따라 더 피곤해 보이시네요. 이거 좀 드세요."

왼쪽에서 거슬리는 목소리와 함께 책상 위에 초코바

가 놓였다. 컴퓨터 시계에 머물렀던 내 시선이 초코바로, 그리고 내 왼쪽에 앉아 있는 그에게로 옮겨졌다. 겹겹이 쌓인 피로에 극도로 예민해진 나와 다르게 그는 뭐가 좋은지 실실 웃고 있었다. 악의 없는 그 미소마저 마음에 들지 않았지만 난 애써 입꼬리를 올리며 답했다. 사회생활 참 힘들다 생각하면서.

"고맙습니다, 성현 님. 안 그래도 배고팠는데."

"입사 동기인데 서로 도와야죠."

그는 나를 도왔다는 사실에 스스로 만족한 얼굴이었다. 그와 반비례하게 내 얼굴의 어둠은 더 깊어져 갔다. 김성현. 그는 나와 입사 동기에 심지어 나이까지 같았지만, 난 그와 친밀한 관계를 맺고 싶지 않아 지금까지 존댓말을 고수해오고 있다. '님'이라는 호칭은 회사에서 정해준 거지만 난 이게 마음에 들었다.

난 그를 마치 게임상에서 만난 낯선 인물처럼 대했다. 내가 필요할 때만 찾았고, 일 외의 사적인 이야기는 꺼내지도 않았다. 그는 이런 나의 의중을 아는지 모르는지 무해한 미소—정확히 말하면 무해해 보이지만 의심스러운—로 매일같이 나를 대했다.

사실 내가 그를 마음에 들어 하지 않는 이유는 따로 있다. 그는 사람만 좋다. 계획을 세워서 차례로 일을 처리해나가는 나와 달리, 그는 미룰 수 있을 때까지 일을 미룬다. 그래, 여기서 끝나면 사실 상관없다. 일을 하는 속도는 저마다 다른 법이니까. 문제는 그가 밀린 일을 처리하는 과정에서 내 도움을 요청하는 데 있다.

거절을 못하는 나는 어쩔 수 없이 그의 일을 도와주지만 그러고 나면 늘 뒷맛이 씁쓸했다. 왜 거절하지 못했지. 도와주는 거에서 끝내지 못하고 거절하지 못한 나를 자책하기에 이른다. 가끔 일을 하다가 옆자리를 보면 그는 입꼬리를 올린 채 핸드폰을 하느라 바빠 보였고, 그건 흡사 연애하는 사람의 모습이었다. 그걸 볼 때마다 마음 같아서는 당장이라도 그의 업무 태만을 대리님, 팀장님 등 모든 직원에게 고발하고 싶었다. 그의 사람 좋음은 업무 처리 능력의 부족함을 상쇄시켰고, 난 그게 싫었다. 일을 더 열심히 하는 건 내 쪽인데 더 좋은 평가를 받는 건 그였다.

난 책상 위에 있는 초코바를 뜯어 그를 생각하며 한 입 베어 물었다. 연화를 위해서라면 이 억울함도 참아야 했다. 그녀를 한 번이라도 더 보기 위해서는 이 초코바라도 먹고 버텨야 했다. 당장 내일도 스케줄이 있기 때문에 무작정 굶으면서 건강을 해칠 수 없었다. 난 내가 연화라는 우주의 중심을 맴도는 작은 행성일지라도 상관없었다. 이 우주적 짝사랑을 몰라줘도 괜찮았다.

그만큼 연화는 내 삶의 중심이자, 내 우주의 중심이었다.

* * *

다음 날 아침이 돼서도 난 내가 아닌 그녀가 중심인 삶을 살기 위해 분주히 움직였다. 오늘은 한 대기업에서 주최하는 자선 콘서트가 있는 날이었다. 이런 콘서트의 단점은 티켓이 단지 입장권에 지나지 않는다는 점에 있었다. 더 좋은 자리를 차지해 누구보다 훌륭한 사진을 찍기 위해서는 앞자리를 선점해야 했고, 이를 위해서는 누구보다 빨리 움직여야 했다.

피로 군과 함께 올림픽 공원 체조경기장에 도착했을 땐 이미 많은 사람이 모여 있었다. 입장 시간은 오후 4시. 앞으로 6시간을 더 기다려야 했다. 익숙하면서도 익숙하지 않은 기다림의 시간이 시작됐다. 그나마 10월이라 날씨가 그렇게 덥지도, 춥지도 않아 다행이었다. 나는 햇빛이 덜 들어오는 그늘진 곳을 찾아 그곳에서 연화와 관련된 영상을 찾아봤다. 많이 본 영상은 몇 분 몇 초에 그녀가 어떤 표정을 짓고, 어떤 말을 했는지도 다 기억한다. 그런데도 그걸 또 보고, 또 봤다. 사람마다 알면서도 계속하게 되는 습관이 있듯이 내겐 그녀의 영상을 보는 게 습관이었다.

시간이 흐를수록 공연장 근처는 더 많은 사람들로 붐비기 시작했다. 점심은 편의점에서 산 삼각김밥과 우유로 때웠고, 입장 줄을 서기 전에는 마지막으로 카메라의 상태를 확인했다. 오늘도 문제가 없었다. 조금만 더 기다리면 오늘의 연화를, 새로운 그녀의 모습을 볼 수 있다. 나는 부푼 기대감을 안고 입장 줄에 섰다.

기다림은 공연장에 들어가서도 계속됐지만 체감 시간은 아까보다 더 짧게 느껴졌다. 난 오늘의 무대와 조명, 사진의 각도를 고려해 가장 좋은 위치를 찾아 몰려 있는 인파 사이로 몸을 숨겼다. 오늘은 사진 촬영이 금지된 공연은 아니었지만, 이것 역시 습관이라면 습관이었다.

약 7시간의 기다림 끝에 공연이 시작됐다. 나는 카메라를 들어 간간이 다른 가수의 사진을 찍으며 자리 선정이 괜찮았는지를 확인했다. 흠, 괜찮군. 오늘의 자리 선정은 완벽했다. 무대와 가깝지도 않았고, 조명이 인물을 돋보이게 했으며, 각도도 정면으로 찍기에 불편함이 없었다. 나는 만족스러운 미소를 지으며 팬들의 열렬한 환호성과 함께 다른 가수의 공연을 즐겼다. 오늘은 그 어느 때보다 만족스러운 사진을 찍을 수 있을 것 같은 기분 좋은 예감이 들었다.

공연이 시작하고 중반부에 접어들었을 때였다. 오늘 공연의 사회자가 최근 차트 역주행을 하며 차근차근 인지도를 쌓아 올리고 있는 5인조 남자 아이돌을 소개했고, 그러자 내 오른쪽 대각선에 있는 한 남자가 품 안에 안고 있던 슬로건을 쳐들었다.

나는 그 슬로건이 신경 쓰이기 시작했다. 연화의 무대가 바로 다음인데 이 상태라면 슬로건에 가려진 그녀를 찍게 될 것 같았다. 나는 일단 기다리기로 했다. 그는 내 주변에 있는 그 누구보다 열정적으로 슬로건을 흔들며 그 남자 아이돌을 응원했다. 내 뒤에서 '야, 저 사람 봐'라는 소리가 들려왔다. 그만큼 그는 이 구역의 누구보다 눈에 띄었다. 나는 그의 열정적인 응원이 이번 무대로 끝나기를 바랄 뿐이었다.

"원아! 원아!"

그는 그 남자 아이돌이 인사하고 들어갈 때까지 목청껏 한 멤버의 이름을 불렀다. 내 주변은 슬로건남을 향한 웃음과 원이를 찾는 그의 간절한 목소리가 섞여 묘한 분위기를 만들어냈다. 나 역시 누군가를 좋아하는 사람이었지만, 좋아하는 마음을 표현하는 방법도 저마다 다르다는 걸 다시 한번 느꼈다.

그들이 들어가고 무대에 아무도 남지 않게 되자 무대의 모든 조명이 꺼졌다. 다행히 그 남자는 조용해졌다. 슬로건을 들고 있던 팔도 내렸다. 나는 그사이 재빨리 카메라를 들었다. 얼마 지나지 않아 웅장한 전주와 함께 그녀들이 무대 위로 나타났다. 주변의 환호성과 동시에 내 손은 바쁘게 움직이기 시작했다.

오늘도 연화는 아름다웠다. 열정적으로 춤추고 노래부르는 그녀를 보는 것만으로도 기다림밖에 없었던 오늘 하루가 보상받는 느낌이었다. 그렇게 생각했었다. 우려했던 일이 생기기 전까지는.

쉴 새 없이 두 번째 곡까지 마치고 멤버들의 멘트 시간이 됐다. 이 시간은 정적이면서도 자연스러운 사진을 찍을 수 있는 시간이기에 홈마들이 놓쳐서는 안 되는 중요한 순간이기도 하다.

그런데 멤버들이 멘트를 시작하기 위해 무대 중앙으로 모이는 순간부터 그 남자가 다시 슬로건을 번쩍 들었다. 아무리 초점을 바꿔도 그의 손과 슬로건이 자꾸만 카메라 화면에 들어왔다.

나는 슬슬 짜증이 나기 시작했다. 아니, 본인이 응원

하는 가수도 아니면서 왜 저러는 거야. 참다못한 나는 카메라를 가슴에 안고 몇몇 사람에게 양해를 구해 그가 있는 곳으로 갔다. 그리고 그의 어깨를 가볍게 건드리며 말했다.

"저기요, 그 슬로건 좀 내려주실 수 없나요?"

내 목소리에 그가 고개를 돌렸다. 그리고 상대의 얼굴을 확인한 우리는 동시에 커진 눈과 함께 서로를 손가락질했다.

"나경 님?"

"성현 님?"

그의 시선이 쥐고 있는 카메라 쪽으로 내려갔다. 나는 카메라를 떨어뜨리지 않기 위해 손에 힘을 줬지만, 손을 제외한 모든 신체 기관은 떨리고 있었다. 그와 내가 같은 공간에 있었다니. 더 나아가 그가 나를 화나게 만든 슬로건남이었다니. 내가 별로 좋아하지 않는 사람에게 내 치부를 스스로 보여준 것 같아 수치스러웠다. 그의 얼굴을 마주한 순간부터 연화의 목소리는 들리지 않았다. 사진 생각도 나지 않았다. 그저 이 상황을 빨리 벗어나고 싶다. 이 생각밖에 하지 못했다.

"나경 님 설마……, 홈마?"

난 그 질문을 듣자마자 속으로 '망했다'를 내뱉었다.

* * *

그와 마주한 이후로 공연을 어떻게 봤는지 모를 정도로 내 머릿속은 혼란 그 자체였다. 사진은 당연히 못 찍었다. 도망칠까도 생각했지만 그렇게 하면 회사에 내 이중생활에 관한 소문이 퍼질까봐 일단 버텼다. 나 역시 그가 슬로건남이라는 약점—약점이길 바란다—을 잡았으니, 난 그에게 오늘 일을 함구할 걸 요구할 권리가 있었다. 그도 나를 마주한 이후부터는 더 이상 슬로건을 들지 않았으니 이 협상은 해볼 만하다고 생각했다.

우리는 공연의 마지막 순서까지 서로에게 말을 걸지도, 눈을 마주치려 하지도 않았다. 마지막에 모든 출연자가 무대로 나와서 팬들에게 손을 흔들어줬지만 우린 그때도 가만히 있었다. 무대에 단 한 사람도 남지 않게 되자 색색의 조명이 꺼지고, 공연장 전체를 밝히는 환한 조명이 켜졌다. 오늘의 공연이 끝났음을 알려주는 신호였다. 나는 아까처럼 그의 어깨를 가볍게 건드렸다. 아까와는 달리 그가 움찔하는 게 느껴졌지만 난 모른척하며 사회적인 미소를 지어 보였다.

"성현 님, 우리 이렇게 만난 것도 인연인데 커피나 한잔할까요?"

그는 갑작스러운 제안에 당황한 얼굴이었지만, 순순히 '네, 그러죠'라고 대답했다.

우리는 공연장과 가장 가까운 카페로 가 마주 앉았다. 테이블 위에 커피가 놓일 때까지 우리는 서로의 눈치만 보다가 한 모금의 커피를 마시자 누가 먼저랄 것도 없이 저, 하며 입을 열었다.

"성현 님이 먼저 말하세요."

"아뇨, 나경 님이 먼저 이야기하세요."

"무슨 이야기를 할지 어느 정도 짐작이 가시죠?"

내 질문에 그가 고개를 끄덕였다.

"저는 회사에 제 이야기가 돌지 않았으면 해요. 특히 오늘 일에 관해서는 더더욱이요. 오늘 봐서 눈치챘을 수도 있지만, 저 홈마 맞아요. 취미 활동이 아니라 제 삶의 전부예요. 하지만 사람들은 이렇게 사는 저를 이해하지 못할 거고, 저 역시 이해를 바라지 않아요. 그러니까 오늘 공연장에서 저를 봤지만 못 봤던 걸로 해주시면 저도 성현 님에게 그렇게 할게요. 어떤가요?"

나는 그의 행동, 미세한 표정 변화까지도 놓치지 않기 위해 그에게서 눈을 떼지 않았다. 그는 휘몰아치는 이야기를 잠잠히 듣더니 자신 앞에 놓여 있는 커피를 한 모금 마셨다. 그러고는 입을 열었다.

"저도 나경 님 의견에 동의해요. 저 역시 다른 사람들에게 제 사생활이 알려지는 걸 원치 않아요. 하지만 그것과는 별개로 전 나경 님의 이야기를 듣고 싶어요. 어쩌다가 홈마를 하게 됐는지 등의 이야기 말이에요. 부담스러우면 이야기하지 않아도 되지만, 뭐랄까. 저는 제 이야기를 하고 싶어요."

나는 동의의 의미로 고개를 끄덕였다. 이 사람이 좋고, 싫고를 떠나서 호기심이 생겼다. 이 사람은 어떤 이유로 원이를 좋아하게 됐고, 나와 같은 공간에 있었는지. 그 과정이 궁금했다.

"나경 님은 누군가를 좋아하는 데 꼭 이유가 있어야 한다고 생각하세요?"

갑작스러운 질문이었지만 나는 거기서도 연화를 떠올렸다. 지금이야 그녀를 좋아하는 이유를 말하라면 수백 가지를 나열할 수 있지만, 처음부터 어떤 이유와 목적이 있어서 그녀를 좋아한 건 아니었다. 스며들었다. 이 표현이 정확한 것 같다. 정신 차려보니 그녀는 내 삶에 스며들었고 내 마음의 색을 바꾸어 놓았다.

그도 마찬가지였다. 그는 그들의 음악, 특히 원이가 작곡한 음악에 위로를 받았다고 했다. 그러다 보니 원이가 속한 그룹을 좋아하게 됐지만, 그의 친구들 사이에서는 그게 놀림감이었다고. '진짜로 사랑해?' 이런 건 기본이고, 한 친구는 '너 게이야?'라는 질문까지 했다고 한다. 그럼에도 좋아하는 마음을 포기할 수 없어 트위터에서 열심히 활동했고, 지금은 팔로워가 2천 5백 명이 넘는, 팬덤에서는 알아주는 사람이 됐지만, 이와 별개로 그는 자신을 잘 모르는 사람에게 자신의 본모습을 보여주고 싶지 않다고 했다. 그는 자신을 있는 그대로 보지 못하는 사람들의 눈빛을, 은근히 깔보는 그 말투를 가능하면 경험하고 싶지 않다고 했다.

우연한 만남이 인연이 돼 삶이 바뀌는 과정, 또 타인의 시선으로부터 상처받은 모습까지. 그의 이야기를 듣고 나니 우리 사이에는 공통점이 많다는 걸 깨달았다. 나 역시 그를 있는 그대로 보지 못한 사람 중 하나였다. 그걸 알고 나니 한편으로는 부끄러웠다. 또 동시에 그가 좋아졌다. 손바닥 뒤집듯이 누군가를 싫어했다가 좋아할 수 없다고 생각한 나였지만, 내가 연화에게 이유 없이 빠져든 것처럼 그가 괜찮아졌다는 사실에 이유를 묻지 않기로 했다. 그냥, 좋아졌다. 그뿐이었다.

"그럼 성현 님 업무 시간에 핸드폰 보는 건 설마……!"

"나경 님이 생각하는 거 맞아요. 트위터죠. 떡밥은

실시간으로 확인해야 하니까."

여기서 우리는 동시에 웃었다. 그에 관한 오해까지 풀리는 순간이었다.

그의 이야기가 끝나자 내 이야기가 시작됐다. 그녀를 어떻게 알게 됐고, 그녀가 내게 어떤 존재이며, 주변 사람들에게 받은 상처, 마지막으로 왜 홈마를 하고 싶었는지, 이를 위해 무엇을 준비했는지까지. 그가 내게 다 이야기했던 것처럼 나도 나라는 사람을 숨김없이 보여줬다.

내가 말을 마치자 그는 내게 손을 내밀었고 우리는 악수를 나눴다.

* * *

악수를 나눈 걸 기점으로 난 우리가 어떤 끈으로 연결된 느낌을 받았다. 우리는 서로의 비밀을 지켜주는 것만으로도 모자라 서로의 삶에 이득을 줬다. 예를 들면 난 그에게 공연장에서 찍은 원이의 사진을 줬고, 그는 그걸 자신의 트위터에 올림으로써 더 많은 팔로워를 확보했다. 또 그가 가끔 카메라를 빌려달라고 하면 기꺼이 그걸 빌려줬다.

그는 내 선의에 식사나 간식으로 보답했다. 최근엔 내가 준 사진들로 팔로워가 3천 명을 넘겼고, 이를 기념하여 그는 내게 향수를 선물해줬다. 난 그의 조공 덕분에 덕질로 가벼워진 주머니를 어느 정도 지킬 수 있게 됐다.

그렇게 우리의 사생활은 지켜졌지만, 그 때문에 회사에 엉뚱한 소문이 퍼지기 시작했다. 나경 님과 성현 님 둘이 사귀는 것 같다. 아니다, 성현 님이 매일같이 나경 님에게 먹을 걸 가져다준다. 지금 성현 님이 나경 님에게 적극적으로 구애를 하는 것 같다 등의 소문 말이다.

처음엔 대수롭지 않게 여겼으나, 우리의 행동을 지켜보는 사람이 많아졌다는 걸 알게 되자 알게 모르게 스트레스가 쌓이기 시작했다. 그가 내게 간식을 주는 모습이 포착되면 동시에 '오' 하는 감탄사가 들려올 정도였다. 하루는 팀장님이 나만 조용히 불러 진짜로 그와 사귀는지를 물은 적도 있었다. 회사와 집밖에 모르는 사람들이니 이런 소문이 신선한 자극이 될 수 있겠다고 생각은 하면서도 정작 소문의 당사자가 되니 기분이 좋진 않았다.

내가 이런 걸로 고민을 털어놓자 그도 나와 같은 스

트레스를 받고 있다고 털어놨다. 그래서 우리는 회사에선 가급적이면 사적인 이야기를 하지 말자고 합의를 봤다. 이건 이거대로 헤어졌다, 아니다 성현 님이 차였다 등의 다른 소문을 안겨줬지만 차라리 이게 나은 것 같았다. 가끔가다 우리가 정말로 사귀었다가 헤어진 줄로 알아 조심해하는 제삼자가 있기도 했지만 그럴 때면 우리는 조용히 눈빛을 주고받거나 퇴근 후 식사 자리에서 그걸 곱씹으며 웃어넘겼다.

그를 향한 감정은 이성으로 매력을 느끼는 것과는 결이 달랐다. 친구라 하기엔 '님'이라 부르는 호칭도 바뀌지 않았다. 우리가 서로를 통해 충족하는 건 나와 같은 사람이 있구나라는 동질감에서 비롯된 거였다.

또 둘 중에 한 명이라도 덕질을 그만두면 깨질 관계라는 것도 우린 은연중에 알았다. 여러모로 아슬아슬한 외줄타기를 하는 관계지만, 위험한 걸 알면서도 하는 게 인간의 본성인지 우린 이 관계를 즐겼다. 일단 잃는 것보단 얻는 게 더 많은 관계였기에 굳이 깨야 할 필요성도 느끼지 못했다.

12월이 되고부터는 몸이 두 개여도 모자랄 지경이 됐다. 연화와 원이 속해 있는 그룹이 동시에 컴백을 했기에 우리는 그들의 스케줄에 맞춰 바쁘게 움직였다. 그래도 즐거웠다. 몸은 힘들어도 누군가와 좋아하는 걸 같이 할 수 있다는 건 연화를 보는 것과는 또 다른 기쁨이었다. 무거운 장비를 혼자서 들고 다니는 것보다 같이 들어줄 수 있는 사람이 있다는 것. 좋아하는 상대를 만나면서 오는 기쁨과 설렘을 나눌 수 있다는 것. 과장된 표현일 수 있지만, 인생이라는 커다란 짐을 같이 들어주는 느낌이었다.

그렇게 시간이 흐르다 보니 회사에서도 우리 둘을 향한 관심이 줄어들었다. 덕분에 난 이전보다는 사람들의 눈치를 덜 보며 자유로운 회사 생활을 할 수 있었다. 하지만 가장 조용할 때 조심해야 하는 게 세상의 이치이거늘. 우리가 다시 소문의 중심이 된 사건은 정말 예기치 못하게 일어나고 말았다.

그날도 난 어김없이 쌓여 있는 업무를 쳐내고 있었다. 정신없이 일을 하는 와중에 누군가 내 어깨를 톡톡 건드렸고, 고개를 돌려보니 그곳엔 대리님이 있었다. 일에 집중하느라 대리님이 온 줄도 몰랐다. 대리님은 성현 님의 자리를 가리키며 내게 물었다.

"나경 씨, 성현 씨 어디에 있는지 알아?"

"10분 전만 해도 자리에 있었던 것 같은데……. 화장실에 간 건 아닐까요?"

"그래? 전화도 안 받아서 자리에 와보니 핸드폰도 이렇게 두고 갔네."

대리님은 그의 책상 위에 있는 핸드폰을 들어 내게 보여주며 말했다. 대리님이 그의 핸드폰을 잡은 순간 나는 뭔지 모를 불안감에 휩싸였고, 빨리 대리님을 보내는 게 좋을 것 같다는 생각이 들었다.

"성현 님 돌아오면 바로 대리님께 가보라고 전달할게요. 대리님도 바쁘실 텐데……."

말을 마치려는 순간 불행스럽게 그의 핸드폰 알람이 울리고 말았다. 나와 대리님의 시선이 동시에 그의 핸드폰 액정으로 향했다. 알람의 출처는 트위터였다. 젠장. 왜 핸드폰을 두고 가서…….

"대리님, 저 궁금한 게 있는데……."

"나경 씨, 잠깐만."

나는 어떻게든 대리님을 자리에 돌려보내기 위해 화제를 바꾸고자 했지만 대리님은 나와의 대화에 관심이 없는 것 같았다. 나는 아랫입술을 살짝 물었다. 대리님의 오른 손가락이 그의 핸드폰 화면에 닿았고, 그 손가락이 화면을 대각선으로 밀자 나타난 건 다름 아닌 원이의 얼굴로 꽉 찬 배경이었다. "허." 탄성과도 같은 대리님의 호흡이 내뱉어졌다. 긴장감에 내 손에는 땀이

맺히기 시작했다. 대리님의 손가락은 이리저리 움직였고, 어느새 사진 앨범을 스캔하고 있었다. 저건 엄연한 사생활 침해인데……. 속에 있는 말이 내뱉어지지 않아 답답했다.

"역시 뭔가 쎄하다 했는데."

그의 사진 앨범을 둘러본 대리님이 내뱉은 첫말이었다. 요즘 세상에 잠금 설정을 안 해놓다니. 이런 일이 생길 줄 예상을 못 한 건지, 이 험난한 세상에서 모든 걸 개방한 그에게 어둠의 그림자가 드리우고 있었다. 그가 이 위험을 어떻게 벗어날 수 있을지. 나는 그를 도와줄 수 있을지. 짧은 순간에도 많은 생각들로 머리가 아파왔다.

내가 머리를 굴리는 사이 그가 다가왔고, 대리님을 보고는 꾸벅 허리를 숙였다.

"대리님, 여기는 어쩐 일이세요?"

그리고 그의 시선이 대리님의 손에서 멈췄다.

"대리님. 손에 있는 건 제 핸드폰이……."

"어, 성현 씨. 알람이 울려서 중요한 일인가 하고……."

우리 셋 사이에 잠시 침묵이 이어졌다.

"성현 씨, 여기 배경 화면에 있는 사람……. 아이돌

맞지?"

"네, 맞아요. 주원이요."

"핸드폰을 본 건 미안해. 근데 성현 씨 말이야. 혹시, 그쪽이야?"

"네?"

어쩜 저렇게 무례할 수가 있지. 대리님의 질문을 듣자마자 든 생각이었다. 그러면서 그가 내게 해줬던 과거의 이야기가 떠올랐다. 원이를 좋아한다는 이유만으로 놀림을 받았던 일들, 그가 받았던 상처들. 대리님께 어떻게 대답해야 할지 몰라 우물쭈물하고 있는 그를 보니 화가 머리끝까지 치밀어 올랐다.

화살의 대상이 내가 아님에도 어느새 난 내 일처럼 반응하고 있었고, 그가 자신을 지킬 수 없으면 나라도 지켜주고 싶었다. 설령 그게 무례함에 무례함으로 맞서는 방법이라 해도 말이다.

"대리님 그 질문은 정말 아니라고 생각합니다."

내 발언에 대리님과 그의 눈이 동그랗게 커졌다. 대리님은 천천히 내게 다가왔고, 대리님 뒤에 있던 그가 팔로 엑스를 만들며 그만하라는 신호를 보냈다. 하지만 이미 발동이 걸린 입을 멈출 수 없었다.

"나경 씨, 무슨 말이야?"

"대리님이 잘 아시지 않을까요? 조금 전 질문이 무례하다는 걸요."

"뭐?"

대리님의 얼굴이 붉어지기 시작했다. 그는 이제 포기했다는 듯 한숨을 푹 내쉬며 고개를 가로저었다.

"그렇게 따지자면 저한테도 똑같은 질문하실 건가요? 저는 연화 좋아해요. 그 여자 아이돌이요. 연화가 너무 좋아서, 사랑해서 그녀의 모든 순간을 기록하고 싶어서 막 스케줄 쫓아다니고 그래요. 홈마라고 하면 아시려나? 그런 것도 해요. 근데 그게 조롱의 대상이 돼야 하나요?"

"……."

"애초에 사람이 사람을 좋아하는 게 잘못인가요?"

결국 대리님께 사과는 받지 못했다. 내 마지막 말을 들은 대리님은 헛기침을 하며 자리로 돌아갔고, 내가 정신이 들었을 무렵에는 많은 직원들이 나와 그를 향해 수군거리고 있었다. 나경 님이랑 성현 님 실은 사귀는 게 아니었다. 나경 님은 연화 홈마래. 성현 님은 남자 아이돌 좋아하는 남덕. 여러 가지 소문이 하루도 지나지 않아 회사에 퍼질 생각을 하니 아찔했지만, 내 발언을 후회하고 싶지는 않았다.

늦은 오후, 예상대로 회사에 우리의 소문이 퍼졌고, 나는 팀장님께 불려 가 엄청나게 혼났다. 위계질서를 중요하게 생각하는 분이라 내 발언과 행동이 회사생활 아니, 사회생활에서는 굉장히 부적절한 것임을 10분 넘게 설교를 했다. 사실 대리님께 미안한 마음은 조금도 없었지만 이때만큼은 나도 사회생활이란 걸 하며, 최대한 죄송하다는 표정을 지어 보였다. 이 사건으로 인해 나는 업무에 조금 지장이 생겼고, 평소보다 늦은 퇴근을 하게 됐다.

회전문을 열고 회사 밖으로 나오자 나를 기다리고 있던 그를 발견할 수 있었다. 그는 내게 따뜻한 음료를 건네며 '고생했어요'라고 말했다. 따뜻한 음료가 손에 쥐어지자 긴장됐던 몸이 스르르 녹는 것 같았다.

"나 밉지 않아요?"

"뭐가요?"

"성현 님이 알아서 잘 넘길 수 있었는데, 내가 회사에 다 퍼트렸잖아요."

"그건 신경 쓰지 말아요. 오히려 내가 못 했던 말을 해줘서 시원했어요. 특히 마지막에 사람이 사람을 좋아하는 게 잘못이냐고 묻는 그 부분. 뭔가 깨달은 것도 있었어요. 아, 그래. 나는 이 사람의 음악을 좋아하고,

이 사람을 좋아하는 건데 그게 뭐가 부끄러워서 숨었을까. 왜 주변 사람들에게는 죄를 지은 사람처럼 행동하고 감추고 그랬을까. 그랬기 때문에 트위터처럼 가상 공간에서 더 날뛰었던 것 같기도 하고요. 억눌린 걸 더 표출하고 싶어서."

"그래도 오늘 일은 진짜 미안해요."

"나경 님 카메라 한 번 더 빌려주면 용서해줄게요."

뭔가 그다운 화법이라 나도 모르게 웃음이 터지고 말았다. 내가 크게 웃자 그도 웃겼는지 나를 따라 웃었다.

"네, 두 번, 세 번이고 빌려줄게요."

* * *

회사에서는 '홈마'와 '남덕'이라는 꼬리표가 우리를 쫓아다녔지만, 우리는 그 꼬리표를 있는 그대로 인정했다. 그리고 연화를, 원이를 욕먹게 하지 않으려고 더 열심히, 성실하게 일했다. 그러니 주변 사람들도 우리를 있는 그대로 받아주는 느낌이 들었다.

12월 31일에서 1월 1일로 넘어가는 그 순간에도 우린 함께였다. 한 해의 마지막 스케줄이라 볼 수 있는 M 방송국에서 우린 새해 카운트다운을 함께 셌고, 새로운 해를 맞이했다.

"나경 님, 새해 복 많이 받으시고 올해도 열심히 덕질 합시다."

"성현 님 올해도 당첨길만 걸으세요."

우리의 새해 인사엔 덕질과 관련된 덕담이 빠질 수 없었다. 우리는 작년 한 해도 열심히 살았다란 뿌듯함과 새해로부터 오는 기대감에 젖은 채 기분 좋게 헤어졌다.

쌓인 피로 때문인지 새해 첫날은 자는 데 많은 시간을 쏟았다. 오후 5시가 돼서야 겨우 눈을 뜰 수 있었다. 눈을 뜨자마자 가장 먼저 한 일은 트위터의 알람을 확인하는 거였다. 먼저 오늘 새벽에 올린 프리뷰와 관련된 알람을 확인했다. 이후 연화와 관련된 새 소식이 없는지 타임라인을 확인하기 시작했다. 그리고 거기서 난 믿을 수 없는 기사를 접했고 바로 그에게 전화를 걸었다.

"……여보세요."

그는 아직도 자는 중이었는지 잠에 취해 있는 목소리였다.

"성현 님! 지금 빨리, 연예 기사 봐요."

"왜요."

"열애설 떴어요."

"누구 열애설이기에 그렇게 호들갑이에요."

"연화랑 원이 열애설이니까! 빨리!"

"네?"

처음 들어보는 그의 목소리 톤과 함께 전화는 빠르게 끊겼다.

불과 하루도 지나지 않아 우리는 강남역 인근 술집에서 다시 만났다. 만나자마자 가장 먼저 한 일은 소주부터 까서 한잔 들이켜는 거였다. 저녁이 돼도 실시간 검색창에 연화와 원이의 이름이 내려올 생각을 하지 않았다. 우리는 말없이 핸드폰을 바라보며 소주를 두 잔, 세 잔 들이켰다. 그리고 한 병이 다 비워질 때쯤 내가 먼저 입을 열었다.

"열애설 되게 남 일처럼 여겼는데, 막상 내 가수의 기사를 보니 기분 이상한 거 있죠?"

"우리 생각도 났어요. 우린 사귀지도 않는데, 남들 시선 엄청 불편해했잖아요."

"그러게요. 사귀면 사귀는 거고, 아니면 아닌 거지. 다들 뭐 그렇게 남 연애에 관심이 많은지."

"나경 님, 그런 의미에서 우리도 만나 볼까요?"

"진심이면 소주로 머리 감게 될 거예요."

"당연히 장난이죠. 그래서 나경 님, 덕질 그만둘 거예요?"

"미쳤어요? 그건 오늘부터 똥 싸지 말란 소리와 같은 거예요. 열애설 하나로 식을 그런 애정이 아니라고요. 그건 성현 님도 마찬가지 아닌가요?"

"맞아요. 오늘은 예상하지 못했던 소식에 놀랐던 거지, 분명 내일이면 또 똑같이 좋아하고 있겠죠."

우리는 웃으며 잔을 부딪쳤고, 한껏 누그러진 마음으로 속까지 든든하게 채운 뒤 헤어졌다.

다음 날 각 소속사의 입장문이 발표됐고, 그들의 열애설은 한낱 해프닝으로 끝나고 말았다. 활동 시기가 겹쳐 마주할 기회가 많아졌을 뿐 사귀는 사이는 아니라고 했다. 사실 열애설 자체를 증명해줄 사진 자료도 없었기 때문에, 소속사의 입장은 많은 지지를 얻었다.

소속사의 입장이 사실이든 거짓이든 그의 말처럼 놀랐던 건 딱 하루뿐. 그 열애설은 내 일상에, 연화를 향한 내 애정에 조금의 균열도 내지 못했다. 남들이 보기에는 이 사랑이 나를 포기하는 것처럼 보일지 몰라도 난 이 사랑으로 기뻐하고, 순간적으로 흘러갈 행복을 감지하고 누릴 수 있게 됐다.

난 아직도 이 우주적 짝사랑을 논리적으로 설명할

수 없지만, 한 가지 확실한 건 연화를 좋아하는 마음은 '내 현실'을 살아낼 수 있도록 도와준다는 거다.

작가의 말

「그녀의 이중생활」을 통해 나는 무언가를 '좋아하는 마음'에 관해 말하고 싶었다. 그 무언가는 사람이 될 수도, 사물이 될 수도, 초월적 또는 가상의 존재가 될 수도 있다. 무언가를 열렬히 좋아해본 사람은 알겠지만 좋아하는 것에도 상당한 에너지가 소모된다. 나의 시간과 돈, 정신까지. 많은 에너지를 소모하면서도 우리는 단순히 좋아하기 때문에 그 대상을 포기하지 못한다.

이 작품에서 좋아하는 대상을 아이돌로 설정한 건 내 경험과도 관련이 있다. 많은 가수들과 오디션 프로그램이 나를 거쳐 지나갔지만, 그중에서도 보아와 동방신기를 좋아했던 고등학생 시절이 가장 기억에 남는다. 학교를 마치고 돌아오면 인스티즈에서 그들의 무대 영상을 보거나 일본 콘서트 DVD를 돌려 봤는데 이때 그들의 음악은 요동치는 나의 내적 불안을 많이 잠재워줬다. 그 기억이 좋은 기억으로 남았기에 이 작품을 쓸 수 있었다.

나경이와 성현이의 마음을 누군가는 공감할 수도 있

고, 그렇지 못할 수도 있다. 그럼에도 나는 이들을 통해 대상이 무엇이 되었든 '좋아하는 마음' 그 자체는 소중하다고 말하고 싶었다. 비록 그 순수한 마음이 세상의 편견으로 인해 퇴색되고, 오해를 받을 수는 있지만, 누군가는 좋아하는 그 마음으로 인해 살아갈 힘을 얻는다는 걸 보여주고 싶었다. 쓰면서도 정말 즐거웠던 작품 중 하나인데, 그 즐거움이 읽는 독자님들에게도 잘 전해졌기를 바란다.